스스로 행복하라

글
법정

스스로 행복하라

샘터

스스로 행복하라

뜨락에 철쭉, 라일락, 자목련 등 여러 가지 꽃들이 한창 피어 있습니다. 더러 꽃구경 안 가십니까. 세상 사는 데 바쁘다고 해서 모른 체하지 말고 일 년에 한두 차례씩 피어나는 꽃들 앞에 서 보세요. 꽃들은 저마다 자기 나름의 빛깔과 모양과 향기를 지니고 있습니다. 지금 피어 있는 꽃들을 보세요. 저마다 자기 특성과 자기 모습을 지니고 유감없이 활짝 피어남으로 해서 우주적인 조화를 이루고 있습니다.

꽃들은 다른 꽃들에 대해 신경을 쓰지 않습니다. 다른 꽃들을 닮으려고도 하지 않습니다. 저마다 자기 나름의 모습을 지니고 있습니다. 라일락이 철쭉을 닮으려고 한다거나, 목련이 진달래를 닮으려고 하는 일은 절대로 없습니다. 모두 다 자기 나름의 특성을 한껏 발휘하고 있습니다. 자기 내면에 지닌 가장 맑고 향기롭고 아름다운 그런 요소들을 마음껏 발산하고 있습니다.

자연은 우리에게 위대한 교사敎師입니다. 우리들에게 그냥 주어져 있는 나무나 풀이나 산 또는 강이 아니라, 우리에게 많은 것을 베풀어 주면서 또한 많은 것을 가르쳐 주는 훌륭한 교사입니다. 그렇기 때문에 자연을 가까이하면 사람이 자기 본래의 모습과 자기가 설 자리를 잃지 않습니다. 반면에 자연을 멀리하게 되면, 우리 스스로의 삶 자체가 부자연스럽게 됩니다. 그러므로 기회 있는 대로 자연과 접할 수 있어야 합니다. 사람 말을 듣는 것은 그리 대단한 일이 아닙니다. 누구나 할 수 있는 얘기고, 생각하면 알 수 있는 일들이지만, 자연은 우리가 찾아 나서지 않으면 접할 기회가 없습니다.

사람은 자기 몫의 삶을 살 줄 알아야 합니다. 사람에게는 저마다 자기 몫의 삶, 자기 그릇이 있습니다. 따라서 자기 그릇에 자기 삶을 채워 가며 살아야지, 남의 그릇을 넘본다든가 자기 삶을 이탈하고 남의 삶처럼 살려고 하면 그건 잘못 살고 있는 것입니다. 왜냐하면 사람은 저마다 각기 다른 특성을 지니고 있기 때문입니다. 태어날 때 홀로 태어나듯이 저마다 독특한 자기 특성이 있기 때문에 누구를 닮으려고 하면 자기 삶 자체가 어디로 사라지고 맙니다.

* * *

제가 아는 집을 이야기해 볼까 합니다. 그 집은 생활 수준이 중산층으로 아이들 둘에 내외, 모두 네 식구가 단독 주택에서 살아왔습니다. 단독 주택에 사는 데는 일이 많습니다. 그래서 그 집 주부가 불편하게 여기어 제법 큰 아파트로 이사를 갔답니다. 아파트에 살아 보니 옛날과 비교해 그렇게 편리하더랍니다. 식사 문제도 그렇고 화장실 문제도 그렇고 모든 것이 편리해졌습니다.

나도 그 집에 한번 가 보니 주부는 행복에 겨워했습니다. 자기네 아파트를 자랑도 하고 싶어, 곧잘 친구들을 불러 모아 차도 마시며 잘 지내고 있었습니다. 그런데 얼마 전부터 그렇게 행복에 겨워하던 그 집 주부는 풀이 죽어 있었습니다. 왜 그렇게 풀이 죽었느냐고 했더니, 자기 친구가 새로 아파트를 샀다고 해서 가 보았더니, 자기 집은 그 집에 비하면 너무 초라하고 보잘것없는 집이라는 것입니다.

사람의 욕심에는 이렇게 한계가 없습니다. 사람들에게는 각기 삶의 조건이 다른데, 그 삶의 조건이 다른 남과 자신을 비교함으로써 불행을 스스로 자초하고 맙니다. 이것은 주택 문제만이 아닙니다. 입는 것, 먹는 것, 자녀 교육 문제도 그렇습니다. 사람마다 삶의 조건이 다른데 왜 똑같이 비교를 합니까? 비교를 하면 불행해집니다. 자기에게 배당된 복조차 받아 쓸 줄 모르게 됩니다. 우리들 일상생활에서 내 분수를 모르고, 내 처지를 모르고, 스스로의 생활 조건을 모르고, 공연히 남과 비교함으로써 스스로 불행을 자초한 일이 없었는지 이런 기회에 다 같이 생각해 보아야 합니다.

사람은 자기 몫의 삶에 감사하며 살 줄 알아야 합니다. 자기 그릇에 넉넉한 줄 알고 살아야 합니다. 그렇지 않으면 내가 내 인생을 살고 있으면서도 부질없이 남과 비교함으로써 내 인생은 그만 어디론가 사라져 버리고 남의 소도구, 남의 그림자밖에 되지 못하게 됩니다.

우리가 사람일 수 있는 것은 자기 나름의 빛깔과 모습과 향기를 지니고 있기 때문이며, 그런 모습으로 전 사회적인 조화를 이룰 수 있어야 합니다.

다시 꽃들을 보세요. 철쭉도 있고, 라일락도 있고, 라일락이라 하더라도 보랏빛도 있고 흰빛도 있지 않습니까. 목련도 자목련과 백목련이 있듯이, 저마다 자기 빛깔과 모양과 향기를 지니고 있습니다. 그렇기 때문에 비교해서는 안 됩니다. 우리집 살림, 내 가족끼리 사는 현실은 이 세상에서 단 하나밖에 없는 소중한 것인 줄 아십시오. 그렇지 않으면 내가 내 인생을 살면서 빈 꺼풀처럼 남의 소도구처럼 그렇게 살고 맙니다.

* * *

사람은 또 자기 자신의 얼굴을 지니고 살아야 합니다. 또한 자신의 얼굴을 만들어 가야 합니다. 얼굴이란 하루아침에 이루어진 것이 아닙니다. 많은 세월을 두고 그렇게 형성된 것입니다. 설령 오늘 태어난 아이라 하더라도 엄마 배 속에서 열 달 동안 이루어진 것입니다.

얼굴이란 무엇입니까. 그것은 '얼의 꼴', 즉 우리 정신의 탈입니다. 자기가 신체적인 행동이나 말씨, 생각으로 순간순간 익혀 온 업業이 밖으로 드러난 모습입니다. 그것이 바로 얼굴입니다. 그렇기 때문에 그 많은 사람들이 제각기 다른 얼굴을 하고 있는 것입니다.

미스 코리아보다 더 예쁜 딸을 낳고 싶은데 그렇게 안 되는 것은 업이 다르기 때문입니다. 부모의 업도 다르고, 태어난 자식의 업도 다르고 그 전에 익힌 업도 달라서 서로 다른 모습을 하고 있는 것입니다. 자기 아이가 다른 집 아이에 비해 신체적인 결함이 있거나 용모가 부족하다고 생각하지 마세요. 그것이 그 아이의 모습, 그 아이가 지니고 있는 업의 모습입니다. 물론 어른도 마찬가지입니다.

사람은 저마다 자기 얼굴을 지니고 이 세상을 살아갑니다. 그래서 얼굴을 그 사람의 이력서라고 합니다. 자기 이력서를 거울로 한번 들여다보세요. 이 풍진 세상을 40, 50년 살다 보면 주름도 생기고 기미도 끼게 마련입니다. 옛날 젊었을 때 찍은 사진을 보고 '아, 이런 세월도 있었구나' 하고 지금 자기 모습을 한탄할 필요는 없습니다. 그때는 그 시절의 모습이고 지금은 오늘의 내 모습입니다. 주름이 있으면 어떻습니까. 주름이 없다면 오히려 엄마의 얼굴이 아닙니다. 걱정 근심이 없다면 엄마의 자격도 따르지 않습니다. 자식 걱정, 남편 걱정, 이웃사촌 걱정, 그래서 주름이 늘어나는 것 아닙니까.

겉모습 고친다고 예뻐지는 건 아닙니다. 안으로 예뻐지는 업을 익혀야지요. 가장 아름답고 착한 삶을 순간순간 이루어 나가야, 그것이 밖으로 비치어 나오죠. 예뻐지고 싶은 마음 자체는 나무랄 수 없는 겁니다. 그런데 착각들 하지 마세요. 아름다움에 어떤 표준이 있는 것은 아닙니다. 저마다 독특한 삶이 있듯이, 독특한 얼굴과 음성과 눈빛을 지니고 있습니다. 안으로 아름답고 착하게 살면, 그의 모습으로 그 아름다움이 배어 나오는 것입니다.

아름다움은 얼굴이 어떻게 생겼든지 간에 아름답게, 착하게 살 때, 저절로 피어나는 꽃입니다. 누구든 무슨 일에 순수하게 몰입하는 것을 보세요. 얼마나 아름답습니까.

* * *

제가 감명받은 책 한 권을 소개하겠습니다. 안과 의사 공병우 박사의 자서전인 《나는 내 식대로 살아왔다》입니다. 이분은 아주 독특한 개성을 지니고 살아오신 분입니다. 하신 일도 많습니다. 우리나라 최초로 고성능 한글 타자기를 발명하셨고, 지금도 한글 기계화를 위해 컴퓨터 개발에 몰두하고 계시며, 72세에 시작한 사진도 좋은 작품을 많이 만들어 내신 분입니다.

이 분의 자서전 안에 '미리 써 둔 유서'가 있습니다. 그중 몇 가지를 소개하지요. 이분은 자기가 죽어도 일절 남에게 알리지 말랍니다. 장례식이나 추도식도 하지 말고 빨리 시체를 처리하라고 합니다. 시체에서 조직이나 장기가 다른 사람의 치료에 사용될 수 있으면 그것을 꺼내어 쓴 후 나머지는 병리학과 해부학에 연구 목적으로 사용할 수 있도록 의과 대학에 기증해 달랍니다. 만약 이처럼 할 수 없다면 숨이 끊어진 24시간 이내에 화장이나 수장을 시켜 달랍니다. 만약 이것도 법적으로 불가능하다면 가장 가까운 공동

묘지에 매장하는데, 그때도 새 옷으로 갈아입히지 말고 입던 옷 그대로 또 널도 가장 싼 것을 쓰고 묘지도 최소한의 면적에 묻어 달랍니다. 혹 여행 중 사망하면 찾지 말고, 죽은 지 한 달 후에 점차 알리라고 합니다. 또 매장되었을 경우 묘지 소재도 알리지 말고, 화장했을 경우 재를 조금도 남겨 두지 말라고 했습니다.

이 어른의 유서에는 그분 나름의 투철한 삶의 의지가 담겨 있습니다. 평소에 그렇게 살았기 때문에 그렇게 유언하고 있는 것입니다. 요즘 큰스님들보다도 훨씬 더 선사禪師다운 죽음이라고 저는 평가하고 싶습니다.

모든 것은 항상 변합니다. 꽃이 항상 피어 있는 것이 아닙니다. 저 꽃들도 며칠 지나면 다 지고 맙니다. 안팎으로 내면과 외부에서 상황은 늘 변하면서 고정되어 있지 않습니다. 그래서 제행무상諸行無常이다, 모든 것은 덧없다고 한 것입니다. 이 세상에서 영원한 것은 아무것도 없습니다. 지금 이 자리에 모인 우리들도 저마다 자기에게 주어진 시간과 능력이 다하게 되면 언젠가는 이 지상에서 덧없이 사라져 갈 것입니다. 이 순간순간 우리가 하는 일이 곧 구체적인 내 인생의 내용이 되고 개인의 역사가 됩니다. 내 인생은 내 스스로 만들어 가는 것이지 누가 만들어 줄 수 있는 것이 아닙니다. 그래서 저마다 자기 삶에 대한 책임이 있는 것입니다.

사람은 시시로 현재 자신의 삶을 되돌아볼 줄 알아야 합니다.

그래서 떳떳한 인간으로서 향상의 길로, 보다 값있는 길로 털고 나서야 합니다. 그때마다 내 인생을 내가 다시 시작한다는 각오로 새롭게 살아갈 때, 하루하루가 새로운 날이 됩니다.

※ 이 글은 샘터 창간 20주년 기념강연 '어떻게 살 것인가' 내용을 요약 발췌한 것입니다.

차례

1장

행복

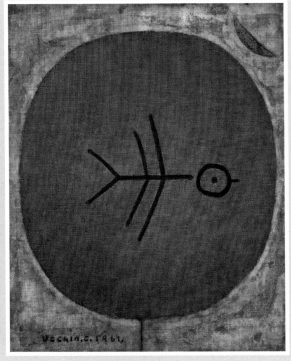

장욱진, 〈야조도〉, 1961

당신은 삶의 가치를
어디에 두고 있는가?

지금 출가를 꿈꾸는 그대에게

저는 요사이 무척 바빴습니다. 제 얼굴을 보면 아시겠지만 추승구족秋僧九足, 가을 중은 다리가 아홉이라는 말을 실감하고 있습니다. 가을이 되면 산에 사는 사람들은 이것저것 월동 준비를 하느라 분주하게 뛰어다녀야 합니다. 더구나 그간 비가 많이 내려 도랑 팬 곳, 오두막으로 올라오는 오솔길 무너진 곳 등을 혼자서 보수하느라 많이 바빴습니다.

여러분들도 이곳에 열 시까지 나오려면 아침부터 바쁘시죠? 하지만 사람은 일거리가 있어야 합니다. 일거리가 있어야 그것을 통해 전체 삶에 탄력이 붙습니다. 일거리가 없으면 삶 자체가 시들하고 활기가 없어집니다. 꼭 이런 법회가 아니라도, 남에게 해를 끼치지 않는 일이라면 그 일을 통해 자기 삶에 새로운 에너지와 탄력과 리듬이 붙게 됩니다.

오늘 저는 출가와 출가 정신에 대해 이야기하고자 합니다. 불자들이 스님들에게 종종 묻습니다. 왜 스님이 되었습니까? 또는 기독교도들이 묻습니다. 왜 신부님이, 목사님이 되었습니까? 다들 이유를 알고 싶어 하지만, 복잡한 사연이 있는 것이 아닙니다. 될 때가 되어 된 것입니다. 열매가 떨어질 때가 되었기 때문에 나무에서 떨어진 것입니다.

출가는 집을 나온다는 뜻입니다. 종교적인 의미로는 집착과 타성의 집에서 훌훌 떨치고 나오는 것을 출가라고 합니다.

가출과 출가는 다릅니다. 출가는 자기 의지와 선택에 따라서 뚜렷한 목적의식을 가지고 삶의 궤도를 수정하기 위해 나오는 것이고, 가출은 여러 가지로 상황이 좋지 않아 마지못해 집을 떠나오는 것입니다. 그러나 어쨌든 가출과 출가는 자기 삶의 궤도를 수정하려는 행위입니다. 삶이란 이런 게 아닌데 하고 회의를 거듭하다가 떨치고 나오는 것입니다.

가끔 집 나가고 싶은 충동 같은 것을 느끼지 않으십니까? 그것이 바로 출가 정신입니다. 일상이 따분하고 무의미하니까 무엇인가 새롭고 나답게 살 수 있는 길은 없는가 생각하게 되는 것입니다. 그렇다고 해서 모두들 가출하라는 말은 아닙니다. 생각까지는 좋습니다.

일상의 삶 속에서도 소용돌이나 늪에 갇혀 허우적거릴 것이 아니라 거기에서 헤쳐 나올 수 있어야 합니다. 그것은 우리가 마음먹기에 달려 있습니다. 삶의 환경이 여러 가지로 다르므로 한결같을 수는 없겠지만, 자신의 삶에 만족할 수 없어서 보다 자기다운, 보다 꽃다운, 보다 인간다운 삶은 없을까 찾게 되는 것이 바로 출가 정신입니다.

그렇다면 무엇을 위해서 왜 출가하는가? 상황에 따라 다르지만 한 생각이 불쑥 일어나서 집을 떠나고 싶어지면 누가 기다리는 것도 아닌데 괜히 마음이 급해집니다. 꼭 불교적으로 출가하는 승려들만 그런 것이 아니라 일단 덫에서 벗어나야겠다고 마음을 일으키면 한시가 바빠집니다.

저는 생각할수록 불가사의하고 도저히 해답을 찾을 수 없는 일이 하나 있습니다. 부처님 당시에도, 또는 그 이후에도 중 모집한다는 광고 보고 출가한 사람은 어디에도 없습니다. 기독교에서는 신학 대학이 있어서 신부나 목사 될 사람을 공고하고 모집도 합니다. 그러나 우리나라뿐 아니라 세계 어느 나라에도 스님을 모집해서 양성하는 곳은 없습니다. 다 제 발로 걸어 들어옵니다. 참으로 신비한 일입니다. 과거에도 그렇고 현재에도 그렇고 미래에도 그럴 겁니다.

누가 시킨 것도 아니고 어디서 부르는 것도 아닌데, 어느 순간 불쑥 마음이 일어나 집을 나와 산으로 들어가고 싶은 때가 있습니다. 본인 외에는 그 원인을 찾을 수가 없습니다. 저 자신도 마찬가지였습니다. 마치 때가 되어 익은 열매가 떨어지듯, 어느 날 한 생각이 일어나 자연스럽게 출가하게 되었습니다. 물론 전생을 따지면 여러 사연이 있겠지만 모두가 그렇습니다. 누가 부르는 것도 아니고 기다리는 것도 아닌데, 저마다 삶을 훌훌 털고 떠나옵니다. 그것이 출가입니다.

내면에 일어나는 일들을 모르는 남들은 갑작스러운 떠남을 보고 놀라겠지만, 본인으로서는 무의미한 일상과 타성의 늪에서 뛰쳐나와 새롭게 시작하고 싶은 것입니다.

모든 수도자가 처음 집을 나올 때 갖는 그 절실한 생각, 그 물리칠 수 없는 의지를 출가 정신 혹은 구도 정신이라고 부릅니다. 그 정신을 늘 기억해야 합니다. 처음 집을 나올 때의 그 때 묻지 않은 절실한 마음을 전 생애에 걸쳐 지니고 있어야 합니다. 그 마음이 풀어지면 출가 정신 자체가 풀어집니다. 늘 깨어 있으라는 것은 그 뜻입니다. 늘 깨어 있으라는 것은 처음 출가할 때의 마음을 잊지 말고 그것을 언제나 되새기라는 가르침입니다.

서산 대사의 《선가귀감》에 보면 이런 법문이 있습니다.

"출가하여 수행자가 되는 것이 어찌 작은 일이겠는가. 편함과 한가함을 구해서가 아니고, 따뜻이 입고 배불리 먹으려는 것도 아니며, 명예와 재물을 구해서도 아니다. 생과 사의 괴로움에서 벗어나자는 것이며, 부처님의 지혜를 이으려는 것이고, 끝없는 중생을 건지려는 것이다."

이것이 출가 정신입니다. 이 각오, 이 정신을 늘 지녀야 합니다. 출가란 모든 집착과 얽힘에서 벗어나는 일입니다. 이것은 수행자에게만 해당되는 일이 아닙니다. 진정한 삶을 살아가려는 사람 누구에게나 이 출가 정신이 필요합니다. 지금까지 살아오면서 '이게 아닌데.' 하는 생각이 든 적이 있다면 삶을 변화시켜야 하고, 낡은 타성에서 벗어나야 합니다. 이혼하고 집을 나오라는 소리가 아닙니다. 그릇된 생활 습관과 잘못된 업에서 벗어나라는 것입니다. 새로운 업을 지으라는 것입니다.

초기 경전인 《숫타니파타》의 '출가 편'에 부처님 자신이 출가에 대해 고백하는 구절이 나옵니다.

"눈이 있는 사람은 왜 출가를 했는지, 그가 무엇을 생각하기 때문에 출가를 선택했는지, 그의 출가에 대해 나는 이야기하노라."

여기서 말하는 '눈이 있는 사람'은 깨달은 사람입니다. 자기 자신의 출가에 대해서 이야기하고 있습니다.

"집에서 사는 삶은 비좁고 번거로우며 티끌이 쌓인다. 그러나 출가는 널찍한 들판이며 번거로움이 없다고 생각한 까닭이다."

초기 경전이기 때문에 표현이 무척 소박합니다. 아무리 넓은 집에 살아도 비좁고 번거롭다는 것입니다. 먼지라는 것은 털어 내는 먼지만이 아니라 여러 가지 고뇌스러운 일들을 뜻합니다. 세속적인 것은 거리낌이 많고 너무 번거롭기 때문에 어디에도 거리낌이 없는 널찍한 벌판에서 살기 위해서, 한마디로 자유인이 되기 위해서, 모든 구속으로부터 벗어나 안팎으로 자유로워지기 위해서 출가했다는 것입니다. 출가했다고 해서 비좁고 번거롭지 않거나 티끌이 쌓이지 않는 것은 아닙니다. 올바른 출가수행 생활을 함으로써 번거로움과 비좁음, 티끌에서 벗어날 수 있습니다. 어디에도 거리낌이 없어지게 됩니다.

"모든 욕망에는 근심이 따르는데, 출가는 평안하고 조용하다."

집을 뛰쳐나왔다는 것은 집착과 욕망의 집으로부터 벗어났음을 의미합니다. 단순히 어떤 주거 공간, 어떤 지역에 있는 왕국, 그런 곳이 아니고 집착과 욕망의 집에서 떠나온 것입니다.

집에서 나온 사람은 집이 없는 사람입니다. 무주택자입니다.

전셋집도 없고 사글세 집도 없습니다. 수행자는 본래 자기 집이 없습니다. 자기 집이 있거나 개인의 재산이 있다면 수행자일 수가 없습니다. 본디 그렇습니다. 집착할 집이 없고 욕심부릴 집이 없습니다. 그렇기 때문에 고뇌가 없습니다.

부처님은 집착을 바다에서 소금물을 마시는 것에 비유합니다. 더 많이 마실수록 더 목이 마르다는 것입니다. 마음이 어떤 대상에 대한 집착에 사로잡히면 우리가 얼마나 많은 기회를 가지고 그 집착을 충족시키든 결코 충분한 만족감을 느낄 수 없습니다. 그것은 곧 괴로움으로 이어집니다.

부처님은 기원정사에 머물 때 제자들에게 말합니다.

"진실로 아무것도 갖지 않은 사람은 행복하다. 지혜로운 사람은 어떤 것도 자기 것으로 생각하지 않는다. 자 보라, 많이 가지고 있는 사람이 여기저기에 얽매여 그 얼마나 괴로움을 당하고 있는가를!"

모든 욕망에는 근심이 따릅니다. 그냥 이루어지는 일은 없습니다. 일상적으로 흔히 경험할 수 있는 일입니다. 불필요한 욕구는 고통을 가져옵니다. 자기 주변을 정리해야 합니다. 어디로 이사 갈 때만이 아니라, 계절이 바뀔 때마다 정리하는 습관을 들여야 합니다. 너저분한 것들이 얼마나 많습니까? 한때 필요해서 사들인 것들이 집 안에 쌓이면 감당할 수가 없습니다. 어느 집을 가나 사람이 가구와 물건에 짓눌려 옹색해집니다.

우리에게 필요한 것은 많지 않습니다. 물론 가족을 이루고 살 경우에는 우리 수행승들과 다르겠지만, 그래도 살 줄 아는 집과 너저분하게 늘어놓고 사는 집은 다릅니다. 내가 갖기는 짐스럽고 남 주기는 아깝고, 그런 것에서 벗어나야 합니다.

늘 깨어 있는 것이 출가 정신이라면 물질의 더미에서 깨어나는 것 역시 출가입니다. 우리를 가두고 있는 비좁은 소유의 방에서 벗어나는 것이 곧 진정한 출가입니다. 출가 수행자는 소유의 자로 재었을 때 가진 것이 없을수록 부자입니다.

언젠가는 이 몸도 버리고 가야 합니다. 내 몸도 버리고 갈 텐데, 소유라는 것은 대단한 것이 아닙니다. 물론 한때 누구나 갖고 싶어 합니다. 친구가 어떤 물건을 사는 것을 보면 갖고 싶어집니다. 빨리 그런 것을 통과해야 합니다. 소유의 늪에 오래 갇혀 있지 말아야 합니다. 그래야 본질적인 삶을 이룰 수 있습니다. 세상이 복잡하기 때문에 단순하게 살아야 제정신을 차릴 수 있습니다. 그러지 않으면 의식이 분산되어, 자신의 삶을 자주적으로 살지 못하고 무엇엔가 휘말려 쫓기듯 살게 됩니다.

'쇼핑하기 위해 태어난다.'란 말은 현대인의 삶을 한마디로 정의해 줍니다. 태어나는 그 순간부터 우유와 장난감과 기저귀에 이르기까지 끝없이 물건들을 사고 또 삽니다. 세상은 우리에게 계속해서 무엇인가를 사도록 현혹하고, 새로운 물건은 새로운 욕망을 부추깁니다.

"욕망에는 근심이 따르는데, 출가는 편안하고 조용하다."

왕자 싯다르타는 집착과 욕망의 집을 떠납니다. 집이 없는 사람은 자유롭습니다. 하늘을 지붕 삼고 땅을 잠자리 삼아, 어디에도 집착할 것이 없기 때문입니다. 집착할 집이 없고, 욕심부릴 집이 없습니다. 출가란 그런 것입니다.

괴로움의 원인은 집착입니다. 자식에 대한 집착, 살림에 대한 집착, 복잡해진 관계에 대한 집착, 재산에 대한 집착, 명예에 대한 집착, 이런 것들 때문에 괴로움이 찾아옵니다. 출가란 집착의 집, 욕망의 집에서 벗어나는 일입니다.

그런 의미에서 여행이 필요합니다. 일상의 굴레에서 벗어나 다른 세상으로 간다는 것은 매우 중요한 일입니다. 집을 떠났다가 언젠가는 영영 그 집으로 돌아가지 못할 날이 올 것입니다. 도중에 마주치는 어떤 사건 사고 때문만이 아닙니다. 그것이 죽음입니다. 따라서 여행을 통해 비본질적이고 일상적인 삶을 주기적으로 털어 내야 합니다. 그래야 다음에 몸을 바꿀 때 어디에도 매이지 않고, 홀가분하게 이쪽 정류장에서 저쪽 정류장으로 가듯이 그렇게 갈 수 있습니다.

인간이라고 불리는 우리 존재만이 아니라 동물, 곤충, 새 들도 늙음의 법칙에서 벗어날 수 없습니다. 우리가 아무리 간절히 원한다 한들, 우리 몸을 구성하고 있는 요소들을 원하는 상태로 유지하기는 불가능합니다. 우리에게는 그런 자유가 주어지지 않습니다. 이것은 큰 괴로움과 불만족의 원인이 됩니다. 그런데 이 불만족은 그것을 인식하는 순간 우리에게 자유를 주기도 합니다. 존재의 한계를 알게 되면 진정한 추구가 시작되기 때문입니다.

어떤 것이 마음에 들어 기쁘면 우리는 그것을 쫓아가려고 합니다. 만일 마음에 들지 않고 불쾌하면 그것으로부터 벗어나고 싶어합니다. 두 가지 경우 모두 현상에 속은 것입니다. 사실 마음은 하나뿐이며, 현상이 여러 개인 것입니다. 자기 자신에 대해 깨어 있지 못하면 현상들을 쫓아다니게 됩니다. 그것이 우리가 평화롭지 못한 이유입니다.

태국 출신의 고승 아잔 차 스님은 말합니다.

"조금 내려놓으면 조금 평화로워질 것이다. 많이 내려놓으면 많이 평화로워질 것이다. 완전히 내려놓으면 완전한 평화와 자유를 알게 될 것이다. 그때 세상과의 싸움은 끝날 것이다."

크게 버리는 자만이 크게 얻을 수 있습니다. 전부를 버리지 않고서는 전체를 얻을 수 없습니다. 그렇다면 무엇을 버리고 무엇을 얻는가? 비본질적인 자기를 벗어 버리고 본질적인 자기를 발견하는 것입니다. 비본질적인 옷들을 벗어던지고 그것에 가려져 있던 본질의 나를 되찾는 것입니다. 그래서 출가를 이욕(욕망으로부터 벗어남), 또는 출진(먼지의 세상으로부터 떠남)이라 부릅니다.

벵골 지방의 성인 라마크리슈나의 《카타므리타(불멸의 말씀)》에 이런 내용이 있습니다.

한 남자가 강에서 목욕을 하기 위해 어깨에 수건을 걸치고 집을 나서려고 하자 그의 아내가 다그칩니다.

"당신은 아무 능력 없이 날마다 빈둥거리기만 하고 있군요. 내가 없으면 하루도 못 살 거예요. 이웃집 남자는 여러 명이나 되는 첩을 한 명씩 버리고 있다는데, 당신이라면 그런 일을 할 수도 없을 거예요."

남자는 말합니다.

"한 명씩 버리고 있다고? 그런 사람은 다 버릴 수 없어. 진정으로 버리는 사람은 한 명씩 버리지 않아."

아내가 어처구니없어하며 남편을 비웃습니다. 그러자 남자는 말합니다.

"진정으로 버릴 수 있는 사람은 바로 나야. 난 이렇게 아무 미련 없이 떠나거든."

그렇게 그는 수건을 어깨에 걸친 채, 집도 아내도 뒤돌아보지 않고 곧바로 출가의 길을 나섭니다.

진정한 출가는 알아차리는 순간, 그 자리에서 버리는 것입니다. 하나씩 버리려고 하면 끝이 없습니다. 그 자리에 새로운 물건이, 새로운 인연이 맺어지기 때문입니다. 더 갖지 못해 부자유한 사람들이 있지만, 전체를 버리고 떠나는 사람은 그 순간 자유를 누립니다.

인간의 진정한 봄은 어디서 옵니까? 묵은 과거를 버리고 새롭게 시작할 때 새로운 움이 틀 수 있습니다.

그럼 저 자신은 왜 출가했는가? 무슨 이유로 세속을 떠났는가? 부처님이 지금 이 자리에서 물으면 저는 이렇게 분명하게 대답할 것입니다. 나답게 살기 위해서, 내 식대로 살기 위해서 집을 떠났노라고.

솔직히 말씀드려서 저는 세상이 무상하다거나 불교의 진리에 매혹되어서 집을 떠난 것이 아닙니다. 불교에서 말하듯이 중생을 구제하기 위해서라고 말할 수도 없습니다. 현재의 한국 불교는 중생 구제 운운할 자격조차 없습니다만, 무상한 게 어디 속세뿐이겠습니까? 절이든 산중이든 무상하긴 마찬가지입니다. 그리고 출가

전에 저는 불교에 대해 아는 것이 하나도 없었습니다.

저의 출가는, 저의 존재의 절실한 요구였습니다. 때가 되었기 때문에 거부할 수 없는 어떤 것이 저를 그 길로 이끌었을 것입니다. 자기답게 살려는 사람이 자기답게 살고 있을 때는 환희심으로 충만하지만, 그러지 못할 때는 고통과 번뇌가 따릅니다. 자기 몫의 생을 아무렇게나 소비해 버릴 수는 없는 까닭에 저는 출가를 결심했습니다.

20대에 출가할 무렵, 저는 우주의 번뇌를 혼자 짊어진 것처럼 며칠 밤을 뜬눈으로 지새우면서 메아리도 없는 물음을 토하곤 했습니다. 6·25 전쟁으로 수많은 생명들이 죽어 가는 것을 보고 나니 삶과 죽음에 대한 의문이 젊은 영혼 속으로 걷잡을 수 없이 밀려왔습니다. 자나 깨나 앉으나 서나, '나는 왜 살고 있는가? 나는 무엇이고 어디로 가고 있는가? 어떻게 하면 내 식의 삶을 살 수 있는가?' 하는 의문들이 사라지지 않았습니다. 어떤 친구들은 바다를 건너기만 하면 새로운 세상이 있을 것이라 믿고 밀항선에 몸을 실었습니다. 그래서 돈 없는 친구들이 주머니를 털어 환송회를 열어 준 적이 한두 번이 아니었습니다. 그런가 하면 극심한 존재의 고통을 이기지 못해 나머지 생애를 스스로 반납한 친구들도 있었습니다.

마침내 출가를 결심한 그때의 저의 심정은, 소설 《광장》의 주인공 이명준과 비슷한 것이었습니다. 남도 북도 아닌 중립국을 선택해 가다가 그 중립에서조차 바다로 뛰어내린 그런 심정이었습니다. 물론 저는 그 주인공과는 달리 삶을 포기하지 않고 내 식의 생을 끝까지 추구하려는 길로 들어섰습니다. 출가는 소극적인 도피가 아니라 적극적인 추구입니다. 누구도 어떻게 해 줄 수 없기 때문에 내 의지로써 내 삶을 재구성하려는 시도인 것입니다.

집을 떠나오기 전 제가 가장 아쉬워한 것은 책이었습니다. 넉넉지 못한 살림에서 어렵사리 모은 소중한 책들을 버리고 떠나는 것이 못내 망설여졌습니다. 그것이 저의 유일한 소유물이었기 때문입니다. 그것들을 차마 다 버릴 수 없어 서너 권만 챙겨 가기로 마음먹고 이 책 저 책 뽑았다가 다시 꽂아 놓기를 꼬박 사흘 밤을 되풀이해야 했습니다. 말 그대로 끊어 버리기 힘든 집착이었습니다. 책에 대한 집착이나 재물에 대한 집착이나 인간관계에 대한 집착이나, 모두 집착이긴 마찬가지입니다. 결국 세 권의 책을 골라 짐을 꾸렸지만, 산에 들어와서 보니 그 세 권 모두 시시하고 별 도움이 되지 않는 책들이었습니다. 집착을 버리고 나서 보면 모두가 이와 같습니다.

침묵의 성자로 알려진 인도의 요가 수행자 바바 하리 다스의 글에 나오는 이야기가 있습니다.

한 수행자가 아무것도 가진 것 없이 숲속에서 홀로 살고 있었습니다. 어느 날 다른 수행자 한 사람이 찾아와 그에게 《바가바드 기타('신이 부르는 노래'라는 뜻으로 인도 철학의 꽃)》 한 권을 주고 갑니다. 수행자는 날마다 그 책을 읽기로 합니다. 그런데 어느 날 쥐가 책을 쏠아 버린 것을 보고 수행자는 쥐를 쫓기 위해 고양이를 한 마리 기릅니다. 고양이에게 먹일 우유가 필요해지자 이번에는 젖소를 키웁니다. 이 짐승들을 혼자서 돌볼 수 없게 되자 그는 젖소를 키울 여자를 한 명 구합니다. 그렇게 숲속에서 몇 해를 보내는 동안 수행자는 커다란 집과 아내와 두 아이와 젖소들과 고양이 무리들을 갖게 됩니다.

수행자는 어쩌다가 이런 신세가 되었는지 곰곰이 생각해 보고는, 한 권의 책이 이토록 걷잡을 수 없는 사태를 몰고 온 것을 알아차리고 한숨을 짓습니다. 집착이란 이와 같습니다. 한 가지 소유물에 대한 집착이 새로운 집착을 부르고, 한 가지 인연이 더 많은 복잡한 인연들을 몰고 오는 것이 세간법입니다.

집에서 몸만 빠져나온 것을 가리켜 출가라고 할 수는 없습니다. 단 하나의 집착이라도 미련 없이 털고 나올 수 있어야 진정한 출가입니다. 책이든 그림이든 연인이든 단 한 가지의 집착이라도 남아 있다면 그것은 아직 출가가 아닙니다.

출가는 일회적인 행위가 아닙니다. 결코 일회적으로 끝날 수가 없는 것이 출가입니다. 매번 일어나는 모든 집착으로부터 거듭거듭 떠나야 하기 때문입니다. 출가란 끝이 없는 탈출이며, 수행이란 일종의 장애물 경주와 같습니다. 궁극의 목적지에 이르기까지 끝없이 길 위의 사람으로 남아 있으면서 "나는 왜 출가했는가? 무엇을 위해 출가했는가?"를 끊임없이 되묻는 것이 참된 출가자의 정신입니다. 그 물음만이 출가자를 깨어 있게 할 수 있습니다. 그러지 않으면 그는 더 이상 출가자가 아닙니다.

하늘을 나는 새가 날갯짓을 멈추면 추락하는 것과 같습니다. 또한 칼날이 무뎌지면 칼로서의 기능을 잃는 것과 같습니다. 칼이 칼일 수 있는 것은 그 날이 날카롭게 서 있을 때 한해서입니다. 누구를 상하게 하는 칼날이 아니라 버릇과 타성과 번뇌를 가차 없이 절하는 지혜의 칼날입니다. 자신을 붙들어 두고 근원적인 의문을 잊어버리게 만드는 모든 안락함, 편안함, 타성, 즐거움을 거듭거듭 떨치고 새롭게 출가해야 합니다.

출가는 떠남이 아니라 돌아옴입니다. 진정한 나에게로, 그동안 잊혔던 본래의 나로 돌아오는 길입니다. 출가는 소음과 잡다한 얽힘에서 벗어나 침묵의 세계로 들어섭니다. 말이 안으로 여물도록 인내함으로써 우리 안의 질서를 찾습니다. 중심을 바로 세워 진정으로 받아들여야 할 것만 가려내는 그런 눈뜸입니다.

출가는 본래의 나를 찾아 나섭니다. 나는 누구인가 하고 스스로에게 묻습니다. 존재 속의 존재에게 간절히 묻습니다. 답은 그 물음 속에 있습니다.

출가는 안정된 삶을 뛰어넘어 충만한 삶에 이르려는 것입니다. 안정과 편안함은 타성의 늪입니다. 쉼 없는 탈출과 새로운 시작이 전제되어야 합니다. 변화가 없이는 죽은 존재입니다.

출가는 문명의 도구들을 뒤로하고 자연으로 다가갑니다. 인위적인 문명의 감옥에서 나와, 인간이 기댈 유일한 품인 자연 속으로 들어갑니다. 부처님은 숲속에서 수행했고 숲속에서 깨달음을 얻었으며 숲속에서 가르침을 폈습니다. 파괴되지 않고 오염되지 않은 자연 안에서만 인간은 본래의 건강을 되찾을 수 있습니다.

출가는 스스로 단순하고 간소한 생활 양식을 선택합니다. 가난은 수행자에게 겸손과 평안을 가져다주고 바른 정신을 지니게 합니다. 내가 가난해 봄으로써 이웃의 가난과 고난에 눈을 돌립니다. 출가자는 욕망에 따라 살지 않고 필요에 따라 살아갑니다. 그는 안으로 부유한 사람입니다.

출가는 경제 논리가 아니라 진리를 삶의 원리로 삼습니다. 출가는 세상에게 달라지라고 말하기 전에 자신이 먼저 달라지겠다고 다짐합니다.

출가는 무엇에도 매이지 않는 자유에 이르는 길입니다. 인간은 본디 자유로운 존재이며, 존재의 궁극적인 목표도 자유입니다. 물질, 온갖 관계, 심지어 자신이 따르는 종교로부터도 자유로워지는 일입니다.

출가는 고통입니다. 세상에는 두 가지 고통이 있습니다. 하나는 더 많은 고통으로 인도하는 고통이고, 하나는 고통의 끝으로 인도하는 고통입니다. 모든 욕망과 인연으로부터의 떠남은 결코 쉬운 길이 아닙니다. 생가지를 찢는 듯한 아픔이 뒤따릅니다. 출가를 꿈꾸는 자에게는 그 아픔은 숙명과도 같습니다. 하지만 이 큰 고통을 통해 모든 고통의 끝에 이르는 것이 출가입니다.

※ 이 글은 2003년 10월 5일, 길상사 불교문화 강좌 내용입니다.

화전민의 오두막에서

이따금 어디론가 훌쩍 증발해 버리고 싶은 그런 때가 있다. 허구한 날 비슷비슷하게 되풀이되는 무표정하고 무료하고 따분한 일상의 틀에서 벗어나고 싶어서다. 내 삶을 다시 시작해 보고 싶은 열망이 안에서 솟구칠 때면 어디론가 훌쩍 바람처럼 떠나고 싶다. 그러나 그때마다 갈 곳이 선뜻 떠오르지 않았다. 잘못 들어서면 또 다른 타성의 늪에 갇힐 것이기 때문이다.

지난 4월 19일 오후 서울 법련사에서 법회를 마치자마자 나는 아무에게도 알리지 않고 길을 떠났다. 어느 깊숙한 두메산골에 화전민이 살다가 비운 오두막이 있다는 말을, 한 친지로부터 전해 듣고 결심을 단행하게 된 것이다. 서둘러 달려갔기 때문에 봄날의 긴 해가 기울고 땅거미가 질 무렵 그 오두막에 당도할 수 있었다. 그 야말로 문패도 번지수도 없는, 전기도 통신 수단도 전혀 없는 태곳적 그대로인 곳이었다. 시냇물 소리와 골짜기에서 불어오는 바람 소리가 뼛속까지 스며들었다. 어둠이 내리자 영롱한 별들이 쏟아질 듯 빛을 발했고 박새가 번갈아 가면서 밤새 울었다.

하룻밤 자고 일어나니 머릿속이 아주 개운했다. 시냇가에 나가 흘러가는 물을 양껏 떠 마셨다. 문명의 발톱이 할퀴지 않은 곳이라, 흐르는 시냇물인데도 물맛이 아주 좋았다.

처음 그 오두막을 찾아갈 때는, 사람이 거처할 만한 집인지, 둘레가 어떤지 내 눈으로 살펴보고 한 이틀 쉬었다가 돌아올 생각이었다. 그런데 하룻밤 쉬어 보니 그대로 눌러 있고 싶어졌다.

다음 날 30리 밖에 있는 장에 내려가 필요한 연장들을 구해 왔다. 우선 땔감을 마련하려면 톱과 도끼가 있어야 했다. 먹을 것은 가지고 갔기 때문에 따로 챙기지 않아도 되었다.

그 오두막에서 나는 꼬박 열하루를 지냈다. 내 팔자가 그렇듯이 어디를 가나 손수 끓여 먹는 일이 나를 나답게 만들어 주었다. 처음 2, 3일은 전기가 없어 어둠이 좀 답답하게 여겨졌지만 이내 아무 불편도 없었다. 촛불이 훨씬 그윽해서 마음을 아늑하게 다스려 주었다. 문명의 연장에 길이 든 우리는 편리하다는 그 한 가지만으로 많은 것을 빼앗기고 있구나 하는 생각이 문득문득 들었다.

그곳에서 지내는 동안 다행스럽고 고마운 일은, 무엇보다도 사람 그림자를 전혀 볼 수 없는 점과 맨날 그저 그렇고 그런 세상 돌아가는 소식이 미치지 않는 점이었다. 나는 근래에 와서 사람을 그리워해 본 적이 전혀 없다. 앞에서 '사람 그림자'라는 표현을 썼지만 보다 솔직한 표현을 쓴다면 '사람 꼴'이라 했을 것이다. 사람들에게 시달린 처지라 사람 꼴 안 보니 얼마나 좋았는지 몰랐다.

우리가 진정으로 만나야 할 사람은 그리운 사람이다. 한 시인의 표현처럼 '그대가 곁에 있어도 나는 그대가 그립다'는 그런 사람이다. 곁에 있으나 떨어져 있으나 그리움의 물결이 출렁거리는 그런 사람과는 때때로 만나야 한다. 그리워하면서도 만날 수 없으면 삶에 그늘이 진다. 그리움이 따르지 않는 만남은 지극히 사무적인 마주침이거나 일상적인 스침이고 지나감이다. 마주침과 스침과 지나감에는 영혼에 메아리가 없다. 영혼에 메아리가 없으면 만나도 만난 것이 아니다.

그곳에 살면서 신문 안 보고 방송 안 들어도 전혀 불편이 없었다. 우리는 마약 중독자처럼 습관적으로 신문을 펼쳐 보고 방송을 시청하고 있다. 보도된 내용들을 자세히 살펴보면 득보다는 해가 훨씬 많다. 특정 정당의 대권 후보 경선이 무엇이기에 언론에서는 날마다 머리기사로 찧고 까불어 대는지 그 까닭을 알 수 없다. 그런 보도가 우리들의 삶에 무슨 득이 될 것인가.

양식과 형평을 잃고 한쪽으로만 몰아가는 언론의 횡포가 우리들의 맑은 의식을 얼마나 얼룩지게 만들고 있는지 되돌아볼 줄 알아야 한다. 뒷날 산을 내려와 배달된 신문을 펼쳐 보고, 솔직히 말한다면 이건 시끄러운 소음이요, 쓰레기 더미구나 싶었다. 내 정신과 몸에 얼룩이 묻기 전에 얼른 방 밖으로 그 신문을 밀쳐 버리고 말았다.

진정으로 우리가 알아야 할 것이 무엇인지, 우리들의 삶에 어떤 성질의 정보와 지식이 얼마만큼 소용되는 것인지, 제정신을 지니고 살려는 사람들은 냉정하게 가릴 줄을 알아야 한다.

그곳에서 지내는 동안 다음과 같은 옛글이 떠올랐다.

해가 뜨면 밖에 나가 일하고

해가 지면 방에 들어가 쉬고

우물 파서 물 마시고

밭을 갈아 먹고사니

누가 다스리건 그게 무슨 상관이냐

제대로 된 정치가 행해진다면 서민들의 입에서 이런 노래가 저절로 흘러나와야 한다. 정치 말이 나온 김에 한마디 더 얹어야겠다. 올해는 대통령을 만들어 내는 해라서 얼마나 또 시끄러울지 미리부터 염려가 된다. 보나마나 막판에 가면 또 지역감정을 부추기면서 표를 긁어모으느라고 이성을 잃게 될 것이다. 그렇게 되면 선거가 끝나고 나서도 국민의 감정과 의식은 사분오열되어 악순환이 되풀이될 것이다.

나더러 만약 이 나라의 대통령을 고르라고 한다면 우선 '대통령병'에 걸리지 않은 인사를 선택하겠다. 어떤 병이든지 만성 질환의 경우는 거의 치유가 불가능하다. 또 한쪽으로 치우치는 강한 정치가 아니라 부드러운 정치를 할 사람에게 점을 찍을 것이다. 절대권력의 시대는 이미 지나갔다. 부드러운 것이 결과적으로는 강한것이고 따라서 설득력을 지닌다. 그리고 아침저녁으로, 그것이 불가능하다면 한 주일에 한두 번 정도라도 국민들에게 웃음을 선사할 수 있는 그런 멋있는 사나이를 이 땅의 대통령 자리에 앉히고싶다.

이 땅의 정치에서 우리는 일찍이 웃음을 찾아볼 수 없었다. 무고한 서민들에게 잔뜩 겁을 먹게 하거나 불안에 떨게 하면서 팽팽한 긴장감만을 심어 주었지 언제 한번 속 시원히 웃어 본 적이 있는가. 웃음을 선사할 줄 모르는 정치는 향기 없는 꽃이나 마찬가지다. 웃어야 일이 풀리고 복이 온다. 정치는 정직하고 역량 있는 각료들에게 맡기고 대통령은 국민들의 삶에 활기와 여유를 보태 줄 웃음을 선사할 수 있어야 한다.

그 오두막에서는 밤낮으로 시냇물 소리가 들려 영혼에 묻은 먼지까지도 말끔히 씻어 주는 것 같았다. 해발 7백 미터가 넘는 그곳은 봄이 뒤늦게 찾아왔다. 내가 그곳을 떠나올 무렵에야 온 산에 진달래가 무더기무더기로 피어났다.

나는 금년에 봄을 세 번 맞이한 셈이다. 첫 번째 봄은 부겐빌레아가 불꽃처럼 피어오르던 태평양 연안의 캘리포니아에서였고, 두 번째 봄은 산수유를 시작으로 진달래와 산벚꽃과 철쭉이 눈부시도록 피어난 조계산에서였다. 그리고 두메산골의 오두막에서 무리지어 피어난 민들레와 진달래 꽃 사태를 맞은 것이다.

올 봄은 내게 참으로 고마운 시절 인연을 안겨 주었다. 순수하게 홀로 있는 시간을 마음껏 누릴 수 있게 해 주었다. 홀로 있을수록 함께 있다는 말이 진실임을 터득하였다. 홀로 있다는 것은, 어디에도 물들지 않고 순진무구하며 자유롭고 홀가분하고 부분이 아니라 전체로서 당당하게 있음을 뜻한다. 불일암에서 지낸 몇 년보다도 훨씬 신선하고 즐겁고 복된 나날을 누릴 수 있어 고마웠다.

살 만큼 살다가 이 세상을 하직하게 될 때, 할 수 있다면 그런 오두막에서 이다음 생으로 옮아가고 싶다. 사람이 많이 꼬이는 절간에서는 마음 놓고 눈을 감을 수도 없다. 죽은 후의 치다꺼리는 또 얼마나 번거롭고 폐스러운가.

나는 문패도 번지수도 없는 그 두메산골의 오두막에서, 이다음 생에는 그 어디에도 소속되지 않고 앞뒤가 훤칠하게 트인 진정한 자유인이 되고자 원을 세웠다. 그 원이 이루어지도록 오늘을 알차게 살아야겠다. (1992)

오두막 편지

절기로 오늘이 하지夏至다. 여름철 안거도 어느새 절반이 되었구나. 그동안 아주 바쁘게 살았다는 생각이 어제오늘 든다. 모처럼 산거 山居의 한적한 시간을 되찾을 수 있었기 때문이다. 어젯밤에는 오랜만에 별밭에 눈길을 보내고, 어지럽게 날아다니는 반딧불이도 보았다.

그토록 머리 무겁게 생각해 오던 방 뜯어고치는 일을 감행했다. 이 궁벽한 산중에서 방을 뜯어고치는 일은 여간 힘들고 머리 무거운 일이 아니다. 미친 바람이 불어오면 굴뚝으로 나가는 연기보다 아궁이로 내뿜는 연기가 더 많을 정도로 불이 들지 않았다.

아랫목은 발을 디딜 수 없을 만큼 프라이팬처럼 뜨거워도 윗목은 냉랭하고 습해서 집을 비워 두면 곰팡이가 슬었다.

이번에는 아예 아궁이와 굴뚝의 위치를 바꾸고 방구들을 다시 놓았다. 다행히 불이 잘 들고 방이 고르게 덥다. 그동안의 경험을 통해서 성실한 일꾼과 나는 온돌방의 묘리를 제대로 터득하게 된 것이다. 진정한 배움은 이론을 통해서가 아니라 몸소 겪는 체험을 거쳐 이루어진다. 그리고 몇 차례의 실패를 겪으면서 구조적인 원리와 확신에 이를 수 있다.

이런 일은 비단 방 고치는 일만이 아니라 인간사 전반에 걸쳐 해당될 것이다. 실패가 없으면 안으로 눈이 열리기 어렵다. 실패와 좌절을 거치면서 새 길을 찾게 된다. 그렇기 때문에 전 생애의 과정에서 볼 때 한때의 실패와 좌절은 새로운 도약과 전진을 가져오기 위해 딛고 일어서야 할 디딤돌이다.

며칠 전에 도배를 마쳤는데, 아직 빈방인 채 그대로 있다. 방석이나 경상, 다구茶具 등 아무것도 들여놓지 않았다. 나는 이 빈방의 상태가 좋다. 거치적거릴 게 없는 텅 빈 공간이 넉넉해서 좋다. 얼마쯤의 불편과 아쉬움이 오히려 즐길 만하다. 물론 언제까지고 빈방으로 살 수는 없겠지만, 할 수 있는 한 그 기간을 자꾸만 연장하고 싶다.

내 이야기는 이만하고 이제는 그쪽 이야기를 듣고 싶다. 집 짓는 일은 어느 정도 진척이 되었는지, 이엉은 덮었는지 궁금하다. 장마철이 오기 전에 지붕을 덮어 놓아야 나머지 일은 그 안에서 진행할 수 있다. 나 같으면 벌써 일을 마쳤을 텐데 아직도 끝내지 않았다니 그 저력이 대단하구나. 상량을 한 지도 벌써 달포가 지났는데 두 칸 방 집을 짓는 그 진행이 너무 더디다.

물론 날씨와 그럴 만한 현장의 사정이 있을 줄 안다. 일을 하면서도 즐겁게 해야 그 일의 결과도 좋다. 그러나 나는 자원봉사 명분으로 불러다 쓰는 공양주를 비롯해서 많은 사람의 은혜와 신세를 그렇게 오랫동안 져도 좋을까 우려한다. 시은施恩을 많이 입게 되면 그 타성에 젖어 정진이 소홀해진다는 사실을 명심해야 한다. 방 두 칸 지으면서 얼마나 많은 인력과 재력과 시간과 시은을 들이고 있는지 되돌아볼 일이다.

상량문에서도 언급한 바 있듯이, 나는 그 두 칸 흙집이 진정한 수행자의 거처가 되기를 바란다. 야유몽자불입夜有夢者不入 구무설자당주口無舌者當住, 밤에 꿈이 있는 자 들어가지 못하고, 입에 혀가 없는 자만이 머무를 수 있다.

밤에 꿈이 많은 사람은 그만큼 망상과 번뇌가 많다. 수행자는 가진 것이 적듯이 생각도 질박하고 단순해야 한다. 따라서 밤에 꿈이 없어야 한다. 또 수행자는 말이 없는 사람이다. 말이 많은 사람은 생각이 밖으로 흩어져 안으로 여물 기회가 없다. 침묵의 미덕이 몸에 배야 한다.

나는 그 두 칸 흙집 자체가 질박하고 단순한 수행자의 모습이기를 바란다. 오늘날 우리들은 편리한 문명의 연장으로 인해 얼마나 많은 것을 잃고 있는지 생각해 보라. 넘치는 물량을 받아 쓰느라고 순간순간 수행자의 덕이 소멸되어 간다는 사실을 똑바로 보라.

이 기회에 몇 가지 당부의 말을 전하고 싶다.

하나, 그 수행자의 집에는 아예 전기를 끌어 들일 생각을 하지 말아라. 전기가 들어가면 곁들어 따라 들어가는 가전제품이 한두 가지가 아닐 것이다. 전화도 필요 없어야 한다. 편리함만을 따르면 사람이 약아빠진다. 불편함을 이겨 나가는 것이 곧 도 닦는 일임을 알아라.

둘, 수도를 끌어 들이지 말아라. 수도가 들어가면 먹고 마시는 일이 따라가고 자연히 사람들이 모여들게 된다. 마실 물은 바로 지척에 있는 암자의 샘에서 물병으로 길어다 쓰면 될 것이다. 그 집에는 차 외에는 마실 것도 두지 말아라. 찻잔은 세 개를 넘지 않아야 한다. 많으면 그 집에 어울리지 않고 소란스러워 차의 정신인 청적淸寂에 어긋난다.

셋, 그 수행자의 거처를 '서전西殿'이라고 이름 지은 것은 위치가 암자의 서쪽에 있다는 뜻도 되지만, 부처님과 조사들의 청정한 생활 규범인 서래가풍西來家風을 상징한 것이다. 그러므로 그 수행자의 집에는 여성들의 출입을 금해야 한다.

넷, 그 수행자의 집에 거처하는 사람은 반드시 새벽 세 시에 일어나고 밤 열 시 이전에는 눕지 말아라. 새벽 예불은 수도 생활 중에서 가장 중요한 일과이므로 반드시 이행해야 한다.

잔소리가 길어졌구나. 그러나 요즘에는 이런 잔소리하는 사람도 점점 사라져 가는 세태다. 여러 가지로 불비한 여건 아래서 집 짓느라고 고생한 그 공덕은, 그 집을 의지해 정진하는 수행자에게 두고두고 회향될 것이다. 집 짓는 일은 아무나 할 수 있는 일이 아니라는 것을 나도 일찍이 경험을 통해서 알고 있다.

이상에 당부한 사항을 지키는 수행자라면 우리는 한 부처님의 제자로 같은 길을 가는 길벗이 될 것이고, 그러지 못하면 스승과 제자 사이라 할지라도 뜻은 십만팔천 리가 될 것이다.

끝으로 옛사람의 말을 안으로 새기면서 이 사연을 마친다.

"입 안에 말이 적고, 마음에 일이 적고, 배 속에 밥이 적어야 한다. 이 세 가지 적은 것이 있으면 신선도 될 수 있다."

처음 세속의 집을 등지고 출가할 때 그 첫 마음을 잊지 말라!

(2007)

박새의 보금자리

며칠 전부터 창밖에서 '톡톡 톡톡' 하는 소리를 들으면서도 무심히 흘리고 말았었다. 옮겨 심은 나무에 물을 주러 나갔다가 톡톡 소리를 내는 그 실체를 비로소 알게 되었다. 그것은 난로 굴뚝의 틈새에서 박새가 포르르 날아가는 것을 보고서였다. 박새가 그곳에 깃을 치고 사는 모양이었다.

박새는 여느 새와는 달리 거처를 별로 가리지 않는다. 웬만한 곳이면 아무 데나 보금자리를 친다. 뒤껻에 놓아둔 상자 속이나 혹은 처마 밑 모서리 같은 데 둥지를 틀 만하면 그곳에 거처를 마련하여 알을 낳아 새끼를 친다.

다른 새 같으면 쇠붙이로 된 난로 굴뚝 같은 데에는 보금자리를 마련하지 않을 텐데, 겨우 그 몸이 드나들 만한 그 틈새를 어떻게 찾아냈는지 그곳에 깃을 친 것이다. 자신의 거처에 이렇듯 무심한 박새의 대범한 생태를 지켜보면서, 그동안 내가 살아온 거처에 대해서 이런저런 생각을 하게 되었다.

출가 수행자에게는 원래 자기의 집이란 따로 없다. 설사 자신의 힘으로 지어 놓은 절이나 암자라 할지라도, 그것은 어디까지나 공유물이지 개인의 사유물이 될 수가 없다. 그렇기 때문에 수많은 절이 1천여 년을 두고 우리 모두의 절로서 오늘에까지 이른 것이다. 그저 인연 따라 한때 머물다가 그 인연이 다해 떠나면 그뿐이다. 언젠가는 이 몸뚱이도 버리고 떠나갈 텐데, 나무와 흙과 돌과 쇠붙이 등으로 엮어 놓은 건조물에 얽매일 수 있겠는가.

'산에 들어와 산 지 어느새 40년이 가까워졌네.'라고 생각이 미치자, 갑자기 '어느새'란 말이 이마를 치는 것 같았다. 시간이 지나고 날이 가고 달이 가고 해가 바뀌다 보니, 40년이 훌쩍 지나간 것이다. 40년 동안 내가 기대고 살던 곳이 어디어디였나, 오늘 새벽 두견새 소리를 들으면서 헤아려 보았다.

중 되러 찾아간 절이 통영 미래사. 집이 낮아 문지방에 연방 머리를 받히면서, 배가 고파서 우물가에 흘린 국숫발도 맛있게 주워

먹던 시절이었다. 행자실에서 딱딱한 목침을 베고 자는데도 일이 고되어 잠이 늘 꿀맛 같던 그런 시절이었다. 그때는 조촐한 선원禪院이었는데, 요즘은 집도 커다랗게 세워졌고 절 분위기도 예전과는 딴판이 되었다.

중이 되어 스승을 모시고 처음으로 지낸 곳이 지리산에 있는 하동 쌍계사 탑전. 섬진강 건너 백운산이 아득히 바라보이는 선원이었다. 입선入禪 시간이 되면 방이 비었을 때도 죽비 소리가 저절로 울린다는 그런 곳이었다. 나는 이곳에서 착실한, 아주 착실한 풋중 시절을 보냈다. 지금 돌이켜 보아도 맑고 투명한 시절이었다.

한겨울 맨밥에 간장만 먹고 지내면서도 선열禪悅로 충만하던 나날이었다. 오늘과 그 시절을 견주어 볼 때 그때가 A 학점이었다면 오늘은 D나 E밖에 안 될 것 같다. 그것도 점수를 후하게 주어서. 《화엄경》에 "초발심 때 바로 깨달음에 이른다."라는 말이 있는데 모든 발심 수행자에게 귀감이 될 교훈이다.

천 리 길도 맨 처음 내딛는 그 한 걸음에 달렸다는 옛말이 있는데, 우리가 되새겨 볼 만한 가르침이다. 첫걸음을 어떻게 내딛느냐에 따라 목표 지점은 얼마든지 달라진다. 그 맑고 아늑하던 도량이 지금은 어떻게 이어지고 있는지 궁금하다.

다음으로 의지해 살던 곳이 합천 해인사. 팔만대장경이 봉안된 장경각 담 밖에 있는 퇴설당 선원이었다. 큰절에서 많은 대중과 어울려 살게 되니, 보고 듣고 느끼면서 배울 것도 많지만 무가치한 일에 시간을 쏟아 버리는 그런 아쉬움도 있었다. 어쨌든 이곳 가야산 해인사에서 열두 해를 살면서 말하자면 중으로서 잔뼈가 굵은 셈이다.

아침저녁 큰 법당에서 대중과 함께 예불을 마치고 나서, 따로 장경각에 올라가 절을 하면서 기도하던 그 정진이 지금도 좋게 기억된다. 기도란 무슨 소원을 비는 일이 아니라, 마음을 활짝 여는 수행이란 걸 겪었던 시절이다.

해인사에서 운허 스님과 만나게 된 인연으로 내 중 살림살이는 크게 바뀌게 되었다. 그전까지는 걸망 하나 메고 이 산 저 산 찾아다니는 운수승雲水僧이었는데, 이때부터 원고지 칸을 메우는 일에 발을 적시게 되었다. 좋게 말하면 수도 생활이 사회성을 띠게 되었다고 하겠지만, 억새풀처럼 시퍼렇던 기상이 가시게 된 분수령이 되었을 것이다.

양산 통도사 원통방圓通房에서 불교 사전 편찬 일을 거들면서, 비로소 신문을 보고 라디오 뉴스를 들었다. 움직이는 세상과 접하게 된 것이다. 절에 들어오기 전에 익혔던 업이 서서히 움트기 시작했다. 이른 봄부터 늦가을까지 통도사에서 지내던 그 해 4·19 혁명을 맞이했었다. 종교의 역사의식에 대해서 골똘하게 생각하면서 세상일에 관심을 갖기 시작한 시기였다.

서울 안국동에 있는 선학원은 내가 처음으로 스승을 친견, 머리를 깎고 먹물옷을 걸치게 된 인연 있는 절인데, 불교 사전 일로 이곳에 올라와 있으면서 5·16 군사 쿠데타를 겪었다. 그날 아침 총성이 여기저기서 들려왔고 노스님 한 분이 절 마당에서 어정거리다 팔에 유탄을 맞아 피를 흘리는 것을 목격하고 '아하, 혁명이란 무력으로 피를 흘리게 하는 일이구나.' 싶었다.

사전이 출간되자 나는 다시 옛 보금자리로 돌아갔다. 해인사 관음전, 앞산이 내다보이는 전망 좋은 맨 끝 방. 이름하여 소소산방笑笑山房.

동국 대학에 대장경을 번역하는 역경원이 개원된 후 원장으로 취임한 운허 스님께서 함께 일을 하자고 간곡히 권유하셔서, 그때는 경기도 광주군 언주면이었던 봉은사로 거처를 옮겼다. 판전 아래 별당이 내게 배당된 집이었는데, 노스님도 아닌 젊은것의 처소에 별당이란 명칭이 어울리지 않아 다래헌茶來軒이라고 이름을 지어 편액을 달았다. 이곳에서 나는 차 맛을 비로소 알았기 때문이다.

6년 남짓 지낸 다래헌 시절. 독 묻은 세월에 뛰어들어 군사 독재에 저항, 민주화 운동에 참여하면서 뜻을 같이하는 이들끼리 맺은 동료 의식이 어떤 것이란 걸 절 문 밖에서 체험하게 되었다. 이때 제도권 불교 교단에 환멸을 느껴 오늘날까지도 나는 제도권 교단에 발을 붙이지 않고 있다.

그다음으로 옮겨 간 곳이 승보 사찰인 조계산 송광사. 산중 빈 암자 터에 열다섯 평 3칸짜리 집을 지어 이름을 불일암이라고 했다. 중 노릇을 다시 시작한다는 결의로 집을 지은 것이다. 이때부터 나는 철저하게 홀로 사는 연습을 해 온 셈이다. 홀로 있을수록 함께할 수 있다는 이상야릇한 말뜻도 알게 되었다.

한곳에서 15, 16년을 살다 보니 삶이 무료하고 당초의 생기가 점점 사라져 갔다. 그리고 헛이름에 속아 찾아오는 사람들로 인해 '함께할 수'가 없었다. 불일암은 참으로 아름다운 곳이지만, 내 삶을 다시 시작하기 위해 훌쩍 떠나와 머문 곳이 이 오두막이다. 네 번째 여름을 맞이하게 되었다.

이 산 저 산, 이 절 저 절을 다니면서도 이곳이야말로 영원한 내 안식처라고 생각한 데는 아직 없다. 인연 따라 머무는 날까지 머물면서 나를 가꾸고 다듬을 따름이다. 언젠가는 이 껍데기도 벗어 버릴 텐데, 영원한 처소가 어디 있겠는가. 그전 같으면 필요한 일이 있으면 자다가도 벌떡 일어나 옮기고 고치면서 당장에 해치우고 마는 그런 성미였는데, 이제는 어지간하면 주어진 여건을 그대로 수용하면서 간소하게 사는 쪽으로 생각을 바꾸었다. 그 대신 어디에도 집착함이 없이 나답게 살고 싶다.

난로 굴뚝 터진 모서리에 깃을 치고 사는 박새를 보면서 지나온 내 보금자리를 뒤돌아보았다. 나도 저 박새처럼 무심할 수 있다면 그 어디에도 집착함이 없이 홀가분하게 살겠구나 싶다.

저 박새가 알을 까 새끼를 데리고 보금자리를 떠나갈 때까지는, 보리누름에 추위가 있더라도 난로에 불을 지필 수가 없겠다. 내가 오늘 그 보금자리를 보았으니, 그것을 지키고 보살필 책임이 내게 주어진 것이다.

보는 자에게는 책임이 따른다. 그리고 그 속에서 함께 사는 기쁨도 누린다. (1995)

미리 쓰는 유서

죽게 되면 말없이 죽을 것이지 무슨 구구한 이유가 따를 것인가. 스스로 목숨을 끊어 지레 죽는 사람이라면 의견서(유서)라도 첨부되어야겠지만 제명대로 살 만치 살다가 가는 사람에겐 그 변명이 소용될 것 같지 않다. 그리고 말이란 늘 오해를 동반하게 마련이다.

그런데 죽음은 어느 때 나를 찾아오는지 알 수 없는 일. 그 많은 교통사고와 가스 중독과 그리고 증오의 눈길이 전생의 갚음으로라도 나를 쏠는지 알 수 없다. 우리가 살아가고 있다는 것이 죽음 쪽에서 보면 한 걸음 한 걸음 죽어 오고 있다는 것임을 상기할 때, 사는 일은 곧 죽는 일이며, 생과 사는 결코 절연絶緣된 것이 아니다. 죽음이 언제 어디서 내 이름을 부를지라도 '네.' 하고 선뜻 털고 일어설 준비만은 되어 있어야 할 것이다.

그러므로 나의 유서는 남기는 글이기보다 지금 살고 있는 '생의 백서白書'가 되어야 한다. 그리고 이 육신으로서는 일회적一回的일 수밖에 없는 죽음을 당해서도 실제로는 유서 같은 걸 남길 만한 처지가 못 되기 때문에 편집자의 청탁에 산책하는 기분으로 따라나선 것이다.

누구를 부를까?(유서에는 흔히 누구를 부르던데.)

아무도 없다. 철저하게 혼자였으니까. 설사 귀의해 지금껏 섬겨 온 부처님이라 할지라도 그는 결국 타인. 이 세상에 올 때에도 혼자서 왔고 갈 때에도 나 혼자서 갈 수밖에 없으니까. 내 그림자만을 이끌고 휘적휘적 일상의 지평地平을 걸어왔고 또 그렇게 걸어갈 테니 부를 만한 이웃이 있을 리 없다.

물론 오늘까지도 나는 멀고 가까운 이웃들과 서로 의지해서 살고 있다. 또한 앞으로도 그렇게 살아갈 것이다. 하지만 생명 자체는 어디까지나 개별적인 것이므로 인간은 저마다 혼자일 수밖에 없다. 그것은 보랏빛 노을 같은 감상이 아니라 인간의 당당하고 본질적인 실존이다.

고뇌를 뚫고 환희의 세계로 지향한 베토벤도 말한 바 있다. 나는 인간의 선의지善意志 이것밖에는 인간의 우월성을 인정하고 싶지 않다. 온갖 모순과 갈등과 증오와 살육으로 뒤범벅이 된 이 어두운 인간의 촌락에 오늘도 해가 떠오르는 것은 오로지 그 선의지 때문이 아니겠는가.

그러므로 세상을 하직하기 전에 내가 할 일은 먼저 인간의 선의지를 저버린 일에 대한 참회다. 이웃의 선의지에 대해서 내가 어리석은 탓으로 저지른 허물을 참회하지 않고는 눈을 감을 수 없을 것 같다.

때로는 큰 허물보다 작은 허물이 우리를 괴롭힐 때가 있다. 허물이란 너무 크면 그 무게에 짓눌려 참괴慚愧의 눈이 멀어 버리고 작은 때에만 기억에 남는 것인가. 어쩌면 그것은 지독한 위선일는지도 모르겠다. 그러나 나는 평생을 두고 그 한 가지 일로 해서 돌이킬 수 없는 후회와 자책을 느끼고 있다. 그것은 그림자처럼 따라다니면서 문득문득 나를 부끄럽고 괴롭게 했다.

중학교 1학년 때, 같은 반 동무들과 어울려 집으로 돌아오던 길에서였다. 엿장수가 엿판을 내려놓고 땀을 들이고 있었다. 그 엿장수는 교문 밖에서도 가끔 볼 수 있으리만큼 낯익은 사람인데, 그는 팔 하나가 없고 말을 더듬는 장애자였다. 대여섯 된 우리는 그 엿장수를 둘러싸고 엿가락을 고르는 체하면서 적지 않은 엿을 슬쩍슬쩍 빼돌렸다. 돈은 서너 가락 치밖에 내지 않았었다. 불구인 그는 그런 영문을 전혀 모르고 있었다.

이 일이, 돌이킬 수 없는 이 일이 나를 괴롭히고 있다. 그가 만약 넉살 좋고 건강한 엿장수였더라면 나는 벌써 그런 일을 잊어버리고 말았을 것이다. 그런데 그가 장애인이었다는 사실에 지워지지 않은 채 자책은 더욱 생생하다.

내가 이 세상에 살면서 지은 허물은 헤아릴 수 없이 많다. 그중에는 용서받기 어려운 허물도 적지 않을 것이다. 그런데 무슨 까닭인지 그때 저지른 그 허물이 줄곧 그림자처럼 나를 쫓고 있다. 이다음 세상에서는 다시는 더 이런 후회스러운 일이 되풀이되지 않기를 진심으로 빌며 참회하지 않을 수 없다. 내가 살아생전에 받았던 배신이나 모함도 그때 한 인간의 순박한 선의지를 저버린 과보라 생각하면 능히 견딜 만한 것이다.

"날카로운 면도날은 밟고 가기 어렵나니, 현자가 이르기를 구원을 얻는 길 또한 이같이 어려우니라."

《우파니샤드》의 이 말씀을 충분히 이해할 것 같다.

내가 죽을 때에는 가진 것이 없으므로 무엇을 누구에게 전한다는 번거로운 일도 없을 것이다. 본래 무일물은 우리들 사문의 소유 관념이니까. 그래도 혹시 평생에 즐겨 읽던 책이 내 머리맡에 몇 권 남는다면, 아침저녁으로 "신문이오!" 하고 나를 찾아 주는 그 꼬마에게 주고 싶다.

장례식이나 제사 같은 것은 아예 소용없는 일. 요즘은 중들이 세상 사람들보다 한술 더 떠 거창한 장례를 치르고 있는데, 그토록 번거롭고 부질없는 검은 의식이 만약 내 이름으로 행해진다면 나를 위로하기는커녕 몹시 화나게 할 것이다. 평소의 식탁처럼 간단 명료한 것을 즐기는 성미니까. 내게 무덤이라도 있게 된다면 그 차가운 빗돌 대신 어느 여름날 아침부터 좋아하게 된 양귀비꽃이나 해바라기를 심어 달라 하겠지만, 무덤도 없을 테니 그런 수고는 끼치지 않을 것이다.

생명의 기능이 나가 버린 육신은 보기 흉하고 이웃에게 짐이 될 것이므로 조금도 지체할 것 없이 없애 주었으면 고맙겠다. 그것은 내가 벗어 버린 헌 옷이니까. 물론 옮기기 편리하고 이웃에게 방해되지 않는 곳이라면 아무 데서나 다비茶毘(화장)해도 무방하다. 사리舍利 같은 걸 남겨 이웃을 귀찮게 하는 일을 나는 절대로 절대로 하고 싶지 않다.

육신을 버린 후에는 훨훨 날아서 가고 싶은 곳이 꼭 한 군데 있다. '어린 왕자'가 사는 별나라. 의자의 위치만 옮겨 놓으면 하루에도 해 지는 광경을 몇 번이고 볼 수 있다는 아주 조그만 그 별나라. 가장 중요한 것은 마음으로 보아야 한다는 것을 안 왕자는 지금쯤 장미와 사이좋게 지내고 있을까. 그 나라에는 귀찮은 입국 사증入國查證 같은 것도 필요 없을 것이므로 가 보고 싶다.

그리고 내생에도 다시 한반도에 태어나고 싶다. 누가 뭐라 한 대도 모국어에 대한 애착 때문에 나는 이 나라를 버릴 수 없다. 다시 출가 사문이 되어 금생에 못다 한 일들을 하고 싶다. (1971)

텅 빈 충만

오늘 오후 큰절에 우편물을 챙기러 내려갔다가 한 스님이 거처하는 다향산방茶香山房에 들렀었다. 내가 이 방에 가끔 들르는 것은, 방 주인의 깔끔하고 정갈한 성품과 아무 장식도 없는 빈 벽과 텅 빈 방이 좋아서다.

이 방에는 어떤 방에나 걸려 있음 직한 달력도 없고 휴지통도 없으며, 책상도 없이 한 장의 방석이 화로 곁에 놓여 있을 뿐이다. 방 한쪽 구석에는 항시 화병에 한두 송이의 꽃이 조촐하게 꽂혀 있고, 꽃이 없을 때는 까치밥 같은 빨간 나무 열매가 까맣게 칠한 받침대 위에 놓여 있곤 했었다.

물론 방 이름이 다향산방이므로 차가 있고 차 도구가 있기 마련이지만, 그것들 또한 눈에 띄지 않는 벽장 속에 갈무리되어 있다.

이 방 주인이 하는 일은 관음전觀音殿에서 하루 네 차례씩 올리는 사중寺中 기도다. 아무나 할 수 없는 아주 힘든 소임이다. 이런 힘든 소임을 1천 일 동안 한 차례 무난히 마쳤고, 작년부터 두 번째 다시 천일기도에 들어갔다. 기도 중에는 산문 밖 출입을 일절 금하는 질서를 스스로 굳게 지키고 있다.

송광사에서 5, 6년에 걸쳐 도량을 일신하는 중창불사를 별다른 어려움과 장애 없이 원만히 진행하게 된 것도, 그 이면에는 이 방 주인과 같은 청정한 스님의 기도의 공이 크게 뒷받침되었기 때문이라고 나는 굳게 믿는다.

그런데 오늘 이 방에 이변이 생겼다. 방 안에 화로도 꽃병도 출입문 위에 걸려 있던 이 방의 편액도 보이지 않았다. 빈방에 덩그러니 방석 한 장과 조그마한 탁상시계가 한쪽에 놓여 있을 뿐이었다.

웬일인가 싶어 방 주인의 얼굴을 쳐다보았더니, 새로운 각오로 정진하고 싶은 그런 심경임을 말 없는 가운데서도 능히 읽을 수 있었다. '과부 사정은 과부가 안다.'는 속담이 있듯이, 중의 사정은 중이 훤히 안다. 너절한 데서 훨훨 벗어나서 새롭게 시작하고 싶은 그 마음을 나는 누구보다도 잘 알 수 있다.

속을 모르는 남들은 갑작스러운 변화를 보고 이 무슨 변덕인가 할지 모르지만, 본인으로서는 안일한 일상과 타성의 늪에서 뛰쳐나와 새롭게 태어나고 싶은 것이다. 그런 그의 소망은, 부모 형제를 떨쳐 버리고 집을 나올 때의 그 출가 정신에 이어진다. 출가란 살던 집을 등지고 나온 것만으로 그치지 않는다. 성에 차지 않는 그 모든 것으로부터 벗어남이요, 거듭거듭 떨치고 일어남이다.

그런 출가 정신을 다른 말로 표현하자면 칼을 가는 일이라고 할 수 있다. 칼날이 무뎌지면 칼로서의 기능은 끝난다. 칼이 칼일 수 있는 것은 그 날이 퍼렇게 서 있을 때 한해서다. 누구를 상하게 하는 칼날이 아니라, 버릇과 타성과 번뇌를 가차 없이 절단하는 반야검般若劍, 즉 지혜의 칼날이다.

서슬 푸른 그 칼날을 지니지 않으면, 타인은 그만두고라도 자기 자신도 구제할 수 없다.

그러나 이 다향산방의 주인은 나보다는 너그러운 편이다. 나 같으면 편액을 걸어 두었던 그 못까지도 빼 버리고 그 자국마저 종이로 바르고 나서야 직성이 풀릴 것이다. 언젠가 마음이 변해서 다시 그 자리에 편액을 거는 일이 있더라도, 한번 마음이 내켰을 때는 철저하게 치우고 없애야 한다.

그때 그 심경으로 치우고 없애는 그 일이 바로 그날의 삶이다. 작심삼일, 이런 결심이 사흘을 넘기지 못한다 할지라도 그날 그때의 그 결단만으로도 의미는 충분하다. 이런 비장한 결단 없이는 일상적인 타성과 잘못 길들여진 수렁에서 헤어날 날은 영원히 오지 않는다.

누가 내 삶을 만들어 줄 것인가. 오로지 내가 내 인생을 한 층 한 층 쌓아 갈 뿐이다.

선종사禪宗史에 방 거사龐居士라는 특이한 선자禪者의 이야기가 실려 있다. 8세기 후반에서 9세기 초에 걸쳐 살다 간 재가 신자在家信者인데, 마조(중국의 위대한 선사)의 법을 이었으며, 어록語錄이 전해질 만큼 뛰어난 삶을 살았다.

그는 원래 엄청난 재산을 지닌 소문난 부호였다. 그런데 어떤 충격을 받고 그랬는지는 전해지지 않으나, 어느 날 자신의 전 재산을 배에 싣고 바다에 나가 미련 없이 버린다. 어떤 문헌에는 바다가 아니고 동정호洞庭湖로 기록되어 있다. 그는 전 재산을 바다에 버리기 전에 사람들에게 나누어 줄까도 생각해 보았지만, 자신에게 '원수'가 된 재산을 남에게 떠넘길 수 없다는 생각에서 결심을 단행한다.

살던 저택을 버리고 조그만 오막살이로 옮겨 앉는다. 대 조리를 만들어 장에 내다 팔아서 생계를 이으면서 딸과 함께 평생 동안 수도 생활을 한다.

있던 재산 다 버리고 궁상맞게 대 조리를 만들어 생계를 꾸려 가는 그의 행동을, 세상에서는 미쳐도 보통 미친 것이 아니라고 비웃을 것이다. 그러나 당사자에게는 그때부터 그의 인생이 진짜로 전개된다. 그의 어록에는 이런 게송(詩)이 실려 있다.

세상 사람들은 돈을 좋아하지만
나는 순간의 고요를 즐긴다
돈은 사람의 마음을 어지럽히고
고요 속에 본래의 내 모습 드러난다

또 다음과 같이 읊기도 했다.

탐욕이 없는 것이 진정한 보시요
어리석음 없는 것이 진정한 좌선
성내지 않음이 진정한 지계(持戒)요
잡념 없음이 진정한 구도다

악을 두려워하지 않고
선을 추구하지도 않는다
인연 따라 거리낌 없이 사니

모두가 함께 반야선般若船을 탄다

    며칠 전 여수 오동도로 동백꽃을 보러 갔다가 현정이네 집에 들렀다. 거실에 있는 오디오 장치를 볼 때마다 나는 미안한 생각이 든다. 이 오디오는 애초 현정이네 아버지가 나를 위해 우리 방에 설치해 준 것인데, 한 일 년쯤 듣다가 예의 그 '변덕'이 일어나 되돌려 준 것이다. 인편에 들려오기를, 처음 이 오디오를 우리 방에 설치해 주고 나서는 그렇게 흐뭇해하고 좋아했는데, 되돌아오자 몹시 서운해하더라는 것이다.

    나는 이 오디오 말고도 산에 살면서 두 차례나 치워 없앤 적이 있다. 음악이 싫어서가 아니라 그 더미가, 소유의 더미가 싫어서였다. 치워 버릴 때는 애써 모았던 음반까지도 깡그리 없애 버린다.

    일단 없애 버려야겠다고 결심을 하면, 그때부터 맨 먼저 찾아오는 사람한테(물론 그가 낯선 사람이 아닐 경우) 그날로 가져가라고 큰절 일꾼을 시켜 지워서 내려보낸다. 그가 음악을 이해하건 안 하건 그건 내게 상관이 없다. 그가 가져가겠다고 하면 주어 버리는 것으로써 내 일은 끝난다.

    한동안 음악을 듣지 않으면 내 감성에 물기가 없고 녹이 스는 것 같은 느낌이 든다. 이때부터 하나 또 들여놔 볼까 하는 생각이 일기 시작한다. 이렇게 되면 밖에 나가 알아본다. 될 수 있으면 면

적을 작게 차지하면서도 산방의 분수에 넘치지 않는 것으로 고른다. 다시 필요해서 들여놓을 때라도 그전에 주어 버린 것에 대해서는 전혀 후회하지 않는다. 그때는 그렇게 홀가분한 것으로써 내 삶의 중심을 삼을 수 있었기 때문이다.

내 손수 사들인 것은 선뜻 남에게 주어 버릴 수 있지만, 큰맘먹고 선물해 준 것은 아무에게나 주어 버릴 수가 없었다. 그래서 되돌린 것이다. 그리고 그 오디오를 설치할 때 나는 1년만 듣고 보내겠다고 미리 이야기해 두었었다.

이제 내 귀는 대숲을 스쳐 오는 바람 소리 속에서, 맑게 흐르는 산골의 시냇물에서, 혹은 숲에서 우짖는 새소리에서, 비발디나 바흐의 가락보다 더 그윽한 음악을 들을 수 있다. 빈방에 홀로 앉아 있으면 모든 것이 넉넉하고 충분하다. 텅 비어 있기 때문에 오히려 가득 찼을 때보다도 더 충만하다. (1989)

2장

자연

장욱진, 〈새와 나무〉, 1973

마음을 활짝 열어 무심히 꽃을 대하고 있으면
어느새 자기 자신도 꽃이 될 수 있다.

산에는 꽃이 피네

엊그제부터 매화가 피어나고 있다. 맑은 향기를 지닌 청매青梅가 뜰에 은밀한 봄을 피우고 있다. 지난해 이맘때 순천 매곡동에서 옮겨다 심은 매화나무다.

그전에 있던 매화나무가 무슨 연고에선지 시들어 사라진 뒤로는, 봄이면 그 빈자리가 늘 섭섭하고 아쉬웠다. 꽃망울이 부풀어 오르는 가지를 바라볼 때마다 잔잔한 기쁨이 일고, 내 안에서도 은은한 매화 향기 같은 삶의 향기가 배어 나오곤 했었다. 그런 꽃가지가 사라지고 없으니 봄이 와도 봄 같지 않고 그저 덤덤할 뿐이었다. 서너 해 섭섭하고 아쉬운 그 빈자리를 지켜보다가, 지난해 봄 그런 내 마음을 알아준 친지를 따라 매화나무를 구하러 나섰다. 순천의 한 꽃가게에 들러 이 근처에 매화나무를 구할 데가 없겠느냐고 물으니, 한길 건너 나무를 많이 가꾸는 집을 가리켜 주었다.

철 대문을 열고 들어가자 향나무가 빽빽이 들어선 사이에 때마침 허옇게 만개한 매화나무 두 그루가 내 눈을 번쩍 뜨게 했다. 귀한 청매임을 한눈에 알아볼 수 있었다. 꽃받침이 연녹색이고 흰꽃인데도 훨씬 말쑥하다. 다른 매화에 비해 향기 또한 깊다.

개 짖는 소리에 현관문을 열고 나오는 안주인에게, 매화나무를 한 그루 구할 수 없겠느냐고 말씀드리니, 이 매화는 분재의 종자로 쓰기 때문에 팔지 못한다고 했다. 하는 수 없어 그럼 들어온 김에 수목 구경이나 좀 하고 가겠다는 허락을 받고 어정거리는데 온실에서 분재 일을 하다 말고 나온 이 집 주인과 마주쳤다. 인사를 드리고 찾아온 뜻을 이야기했더니, 그분은 내 글을 읽는 독자라면서 나를 알아보았다. 그러면서 선뜻 한 그루 나누어 주겠노라고 했다. 이 집 주인 문태석 씨는 전에 교직에 있을 때 수업료를 못 내는 가난한 학생들을 보면서 느낀 바 있어 그들에게 도움이라도 될까 해서 시작한 농원이라고 했다. 견비통을 앓고 있으면서도 손수 연장을 들고 나무를 파 주었다.

용달차에 허옇게 만개한 매화나무를 싣고 고속 도로를 달리면

서 꽃잎이 바람에 흩날리는 것을 뒤돌아보고 나무한테 미안하다
는 생각이 들었다. 한창 꽃을 피우고 있는 화목을 옮겨 심는 일은
나무한테 큰 부담을 주기 때문이다. 마치 갓 해산한 산모를 데리고
이사하는 것과 같을 거라는 생각이 들었다.

그전에 매화나무가 서 있던 그 자리를 파고 심었다. 샘물을 길
어다 듬뿍 주었다. 그런데 꽃에는 생기가 돌지 않고 마지못해 피어
있는 것 같았다. 꽃이 피고 나서도 꽃잎이 지지 않고 가지에서 그
대로 말라붙었다. 그뿐만 아니라 꽃이 지고 나면 파릇파릇 잎이 나
와야 하는데 새잎이 돋지 않았다.

이때 나는 크게 후회했다. 공연히 욕심을 부려 한창 피어나는
매화나무를 옮겨 와 시들게 하는구나 싶으니 차마 못 할 짓을 한
것 같았다. 아침저녁으로 매화나무 곁에 서서, 제발 기운을 차려서
이 뜰에서 함께 살자고 속으로 뇌이곤 했었다. 그러던 어느 날 가
지 끝에서 돋아나는 파릇파릇한 새순을 보고 감격, 매화나무를 쓰
다듬으면서 합장 배례를 했었다.

지난 1월 초 나그넷길을 떠나려고 할 때 매화가지에서는 꽃망
울이 불툭불툭 부풀어 오르고 있었다. 나는 일단 내 산거山居를 떠
나면 그날부터 집일은 까맣게 잊어버린다. 국내 여행의 경우도 그
렇고 몇 달씩 비우는 해외여행의 경우도 마찬가지다. 혼자서 살기

때문에 걸리적거릴 것이 없다. 내가 몸담고 있는 현장에서 그때의 그 삶을 살아갈 뿐이다. 이번에 50일 가까이 산을 비우고 있을 때 단 한 가지 궁금했던 것은, 부풀어 오르는 꽃망울을 보고 간 뒤라 하마 매화가 피어 있을지 어떨지 그 생각이 마음속에서 그림자처럼 가시지 않았다.

태평양 건너 캘리포니아의 남쪽에서는 2월 들어서부터 봄기운이 한창이었다. 자목련을 시작으로 배꽃과 철쭉, 복숭아꽃과 살구꽃, 양귀비꽃 등이 화사한 봄을 피우고 있었다. 여유 있는 사람들이 사는 동네 '행콕팍'의 정원들에는 오래된 고목과 푸른 잔디와, 저마다 모양새를 달리한 주택과 꽃이 한데 어울려 아름다운 조화를 이루고 있었다. 우리 절에서 윌셔 거리를 건너 북쪽으로 몇 블록 가면 이런 동네가 있어 아침 산책길에 어정거리면서 새봄의 얼굴과 마주쳤었다.

태평양 연안의 그 길목에도 요즘 서양 채송화에 매화, 살구꽃, 부겐빌레아가 눈부시게 피어나고 있었다. 10번 산타모니카 고속도로를 서쪽으로 달리면 태평양 연안 도로로 연결되는데, 왼쪽으로는 수평선으로 이어지는 태평양이 넘실거리고 바른쪽 언덕 양지쪽에 꽃들이 새봄을 피워 내고 있다. 산타모니카 비치를 지나면 말리부 비치, 그 언덕 위에 페퍼다인 대학이 있는데 대학 캠퍼스에서 일망무제의 태평양을 바라보는 조망이 아주 시원스럽다. 드넓은 바다를 대하고 있으면 수평선 너머에 어떤 세상이 있을지 호기심이 간다. 그래서 배를 만들어 바다를 건너 남의 땅을 엿보고 빼앗은 일은 옛 인류의 자취였다. 우리에게는 그런 드넓은 대양大洋이 없었기에 도전할 줄 모르고 주어진 논밭이나 일구면서 자족하고 말았다.

말리부 비치에서 고개를 하나 넘으면 한때 히피족들이 알몸으로 지낸 주마 비치. 이 주마 비치에서 해돋이도 볼 수 있고 일몰도 볼 수 있어 더러 찾았다. 주마 비치에서 가까운 도시 옥스나드까지는 인가가 거의 없는 해안선이다. 왼쪽은 잇따른 푸른 물결이고 바른쪽 구릉은 사막의 토질인 부실부실 돌자갈이 섞인 모래 언덕이다. 거기 듬성듬성 선인장이 을씨년스럽게 바다를 굽어보고 있다.

순수하게 홀로이고 싶을 때, 이른 아침 이 태평양 연안 도로를 달리고 있으면 팍팍하기 쉬운 우리 삶에 바다가 얼마나 고마운 존재인가를 실감한다. 물처럼 부드러운 것이 어디 있는가, 꽃처럼 곱고 향기로운 것이 어디 또 있겠는가. 사람이 무엇을 위해 살아야 하는지, 삶의 본질이 무엇인지, 또한 삶의 가치 척도를 어디에 두고 살아야 할 것인지 저절로 생각이 모아지는 그런 길이기도 하다.

이번 나들이에서 나는 또 짐승과 사람의 관계에 대해서 곰곰이 생각해 볼 수 있는 기회도 가졌다. 우리 시대의 구루(영적인 스승) 크리슈나무르티가 머물던 오하이 밸리를 다녀오면서 겪은 일이다. 오하이 밸리에서 돌아오는 길에 태평양 연안의 아름다운 옛 도시 산타바바라에 들렀다. 나는 이 도시가 좋아 갈 때마다 들른다. 바닷가 식당의 발코니에서 빵과 주스로 점심을 먹고 있는데 갈매기와 비둘기 들이 날아들었다. 빵 조각을 떼어 주면 그대로 받아먹는다. 사람을 두려워하지 않고 가까이 다가서는 갈매기와 비둘기를 보면서, 목숨을 지닌 것들끼리 이처럼 서로 믿고 의지하면서 따르는 것이 온전한 삶이 아니겠는가 싶었다.

짐승은 사람보다 단순하고 직선적이므로 자신을 해칠 대상인지 아닌지를 이내 느낌으로 알아본다. 사람이 수많은 생물 중에서 뛰어난 존재라고 스스로 내세울 수 있으려면, 이런 새나 짐승 들까지도 믿고 따를 수 있도록 마음에 사심이 없어야 한다. 다른 생물을 제 몸보신 하는 먹을거리로만 여기고 같은 생명을 지닌 동류_{同類}로 받아들이지 않는다면, 사람의 영역 자체가 그만큼 옹색하고 왜소해질 것이다.

사막에 갔을 때도 그랬다. 바위 그늘 아래서 준비해 간 도시락을 먹고 있는데, 어디서 알고 뽀르르 다람쥐가 다가왔다. 이윽고 푸른 깃털을 한 파랑새도 두 마리 날아들었다. 밥과 과일을 떼어서 주니 바로 곁에서 맛있게 받아먹었다. 이를 지켜보는 가슴에 따뜻한 기운이 감돌았다.

우리 곁에서 꽃이 피어난다는 것은 얼마나 놀라운 생명의 신비인가. 곱고 향기로운 우주가 문을 열고 있는 것이다. 잠잠하던 숲에서 새들이 맑은 목청으로 노래하는 것은 우리들 삶에 물기를 보태 주는 가락이다. 이런 일들이 내게는 그 어떤 정치나 경제 현상보다 훨씬 절실한 삶의 보람으로 여겨진다. 새벽 달빛 아래서 매화 향기에 귀를 기울이고 있으면 내 안에서도 은은히 삶의 신비가 배어나오는 것 같다. (1991)

물소리 바람 소리

불일암에서는 바람 소리를 들으면서 살았는데, 새로 옮겨 온 이곳에서는 늘 시냇물 소리를 들어야 한다. 산 위에는 항시 바람이 지나간다. 그러나 낮은 골짜기에는 바람 대신 시냇물이 흐른다.

물소리 바람 소리가 똑같은 자연의 소리인데도 받아들이는 느낌은 각기 다르다. 숲을 스치고 지나가는 바람 소리에 귀를 기울이고 있으면, 때로는 사는 일이 허허롭게 여겨져 훌쩍 어디론지 먼 길을 떠나고 싶은 그런 충동을 느낄 때가 있다. 그리고 폭풍우라도 휘몰아치는 날이면 스산하기 그지없어 내 속은 거친 들녘이 된다.

그런데 이번에 옮겨 온 집은 시냇가에 자리 잡은 곳이라 쉬지 않고 흐르는 시냇물 소리를 싫으나 좋으나 밤낮으로 듣지 않을 수 없다. 처음 며칠 동안은, 더구나 비가 내린 뒤라 그 소리에 여간 마음이 쓰이지 않았는데, 이제는 무심해져서 별로 거슬리지 않는다. 세월이 흐르는 소리라고, 인생이 흘러가는 소리라고 생각하니 도리어 시간에 대한 관념이 새로워진다.

바람 소리가 때로는 까칠까칠 메마르고 허전하게 들리는 것과는 달리, 물소리는 어딘지 촉촉하고 풍성하게 들리는 것 같다. 그리고 한없이 무엇인가를 씻어 내는 것처럼 들리기도 한다.

한때 높은 데서 드러나게 살았으니, 이제는 낮은 데 내려와 은신해서 살고 싶다. 혼자서 유별나게 살아 보았으니 이제는 또 여럿 속에 섞여 그 그늘 아래 묻혀서 살고 싶다. 이 세상을 내 힘으로 바꾸어 놓을 수 없을 바에야, 내 자신의 생활 구조만이라도 개조해 보고 싶은 것이다. 새로운 변화를 통해서 잠재된 나를 일깨워 보고 싶다. 인생은 어떤 목표나 완성이 아니고 끝없는 실험이요 시도라고 생각되기 때문이다.

불일에서는 꼬박 7년 반을 살았다. 막상 떠나려고 하니 우선 부처님〔佛像〕한테 미안하고 서운한 생각이 들었다. 이 부처님은 10여 년 전 다래헌 시절부터 모셔 온 인연이 있다. 어느 날 폐사된 절에서 가져와 큰방 탁자 위에 모셨는데 바라보고 있으니 전에 없이 가슴이 설레었다. 첫눈에 이끌리게 된 것이다. 그것은 '만남'이었다. 원불願佛로 모시리라고 마음먹었다. 고불古佛은 아니지만 단아한 모습이 마음에 들었다.

다래헌에서 불일암으로 옮겨 올 때 다른 짐은 짐칸에 실었어도 이 부처님만은 곁자리에 조심스레 모시고 왔었다. 혼자서 지내느라면 게을러지기 쉬운 법인데, 이 부처님을 모시고 있는 덕에 아침저녁으로 게을러질 수가 없었다. 그리고 내 발원에 귀를 기울여 준 것도 그 부처님이고, 내 못된 성미며 버릇을 너그럽게 받아 준 것도 그 부처님이다. 때로는 볼일로 큰절에 내려와 있다가 밤이 늦었으니 자고 가라고 곁에서 만류하는 것도 뿌리치고 그때마다 기를 쓰고 올라간 것은, 부처님 홀로 빈집에 계시게 하기가 안되어서였다. 이런 부처님을 한동안 하직하려고 하니 미안하고 서운한 생각이 안 들 수 없었다.

그다음으로 마음에 걸리는 이웃으로는 내 손수 심어서 가꾼 나무들이었다. 떠나오는 날 후박나무와 향나무 은행나무 들이 물끄러미 나를 바라보면서, 우리를 두고 혼자서만 가려느냐고 마냥 서운해하는 것 같았다.

허구한 날 우리는 맑은 햇살을 함께 쪼였고, 별과 달도 함께 바라보았다. 그리고 눈보라와 비바람도 또한 함께 받아들였다. 가지를 따 주고 두엄을 묻어 준 값음으로, 그들은 청청한 잎과 시원한 그늘을 드리워 여름날의 더위를 식혀 주곤 했었다. 우리는 한 울타리 안에서 함께 살고 있는 존재로서 살뜰한 정을 주고받았었다.

나그넷길을 떠나기 위해 행장을 챙길 때에도 흔히 느끼는 일이지만, 이번에도 혼자서 이삿짐을 주섬주섬 싸고 있을 때 문득 시장기 같은 것을, 허허로운 존재의 본질 같은 것을 느낄 수 있었다. 사람이 살 만큼 살다가 자기 차례가 되어 혼자서 이 지상에서 사라져 갈 때에도, 왔던 길을 되돌아갈 그때에도 이런 존재의 허무 같은 것을 느끼게 되지 않을까 싶었다.

남의 집 셋방 신세를 지면서 여기저기 이사를 다녀야 하는 사람들의 고달프고 쓸쓸한 심정을 얼마쯤은 이해할 것도 같았다. 내 자신의 경우는 스스로 선택해서 옮겨 가는 것이지만, 자기 집이 없는 사람들은 집주인의 눈치를 보면서 살아야 하고, 집을 비워 달라는 말 한마디에 기가 죽어 다시 또 이삿짐을 주섬주섬 꾸릴 때, 그 막막하고 고달픈 심경을 조금은 이해할 것 같았다. 그러니 내 집 마련을 위해 온갖 희생을 무릅쓰고 그토록 열심히 살려고 하는 것이 아니겠는가.

내가 몸담고 살아갈 주거 공간을 내 식으로 고치느라고 며칠 동안 분주히 보냈다. 엉성한 전기 배선을 안전하게 다시 하고, 다락도 말끔히 치워 새로 도배를 했다. 후원의 수각水閣에서 파이프를 연결하여 마당 한쪽까지 수도를 끌어 들이고, 개울에서 넓적한 돌을 주워다 빨래터도 하나 만들어 놓았다.

더운물을 쓸 수 있도록 군불 지피는 아궁이에 솥을 걸었더니 불이 잘 안 들었다. 다시 뜯어내어 이맛돌을 낮추어 걸었다. 이제는 활활 잘 든다. 굴뚝도 그전보다 높였다. 절에서 흔히 말하는 목연탑木煙塔을 세운 것. 나무 타는 연기가 나오는 굴뚝이라고 해서 장난삼아 그렇게들 부른다.

대밭에서 서너 발 되는 장대를 베어다 앞마당에 빨랫대로 걸어 두었다. 헛간에서 헌 판자를 주워다가 또닥또닥 손놀림 끝에 한 자 높이의 보조 경상經床도 하나 만들었다.

방 안 벽에 대못을 두 개 박아 가사와 장삼을 걸고, 반쯤 꽃이 핀 동백꽃 가지를 꺾어다 백자 지통紙筒에 꽂아 놓으니 휑하던 방 안에 금세 봄기운이 감도는 것 같았다. 그리고 임제臨濟 선사의 어록 중에서 좋아하는 한 구절 '즉시현금 갱무시절卽時現今 更無時節'이라고 쓴 족자를 걸어 놓으니 낯설기만 하던 방이 조금은 익숙해졌다.

'바로 지금이지 다시 시절은 없다.'는 말. 한번 지나가 버린 과거를 가지고 되씹거나 아직 오지도 않은 미래에 기대를 두지 말고, 바로 지금 그 자리에서 최대한으로 살라는 이 법문을 대할 때마다 나는 기운이 솟는다. 우리가 사는 것은 바로 지금 여기다. 이 자리에서 순간순간을 자기 자신답게 최선을 기울여 살 수 있다면, 그 어떤 상황 아래서라도 우리는 결코 후회하지 않을 인생을 보내게 될 것이다.

밤이 깊었다. 법당에서 삼경三更 종을 친 지도 한참이 되었다. 다시 들려오는 밤 시냇물 소리, 마치 비가 내리는 소리 같다. 잠시도 멈추지 않고 시냇물은 흐르고 또 흘러서 바다에 이른다. 우리들 목숨의 흐름도 합일의 바다를 향해 그처럼 끝없이 흘러갈 것이다.

(1983)

새들이 떠나간 숲은 적막하다

달력 위의 3월은 산동백이 꽃을 피우고 있지만, 내 둘레는 아직 눈속에 묻혀 있다. 그래도 개울가에 나가 보면 얼어붙은 그 얼음장 속에서 버들강아지가 보송보송한 옷을 꺼내 입고 있다.

겨울 산이 적막한 것은 추위 때문이 아니라 거기 새소리가 없어서일 것이다. 새소리는 생동하는 자연의 소리일 뿐 아니라 생명의 흐름이며 조화요 그 화음이다. 나는 오늘 아침, 겨울 산의 적막속에서 때아닌 새소리를 듣는다. 휘파람새와 뻐꾸기와 박새, 동고비, 할미새와 꾀꼬리, 밀화부리, 산비둘기. 그리고 소쩍새와 호반새 소리에 눈 감고 숨죽이고 귀만 열어 놓았었다.

어제 시내를 다녀오는 길에 한 노보살님한테서 받은 선물을 오늘 아침에 풀어 보니, 어떤 조류학자가 숲과 들녘과 섬을 다니면서 채록한 '한국의 새' 소리들을 출판사에서 펴낸 녹음테이프였다.

눈 속의 오두막에서 녹음된 새소리를 듣고 있으니, 시간과 공간을 초월한 별다른 세상에 살고 있는 듯한 감흥이 일었다. 맑게 흐르는 시냇물 소리, 거기에 곁들인 아름다운 새소리에 귀 기울이고 있으면, 문득 초록이 우거진 숲에서 풋풋한 숲 향기가 풍겨 오는 것 같다. 그리고 맑은 햇살이 비낀 숲속의 오솔길에 청초한 풀꽃과 푸른 이끼가 눈에 선하게 떠오른다.

상상력이란 일찍이 자신이 겪은 기억의 그림자일 것이며, 아직 실현되지 않은 희망 사항이기도 할 것이다. 그렇다 하더라도 좋은 상상력은 그 자체만으로도 살아 있는 즐거움을 누리게 한다. 이와는 달리 어둡고 불쾌한 상상력은 우리들을 음울하고 불행하게 만든다. 생각이나 상상력도 하나의 업業을 이루기 때문이다.

몇 해 전 이른 봄에, 여수에서 배를 타고 남해의 외딴섬 백도白島를 다녀온 일이 있다. 백도는 지저분한 사람들에 의해 아직은 더럽혀지지 않은 천연의 아름다운 무인고도다. 이 백도를 다녀오는 길에 시간이 있어, 거문도의 등대와 그곳으로 가는 길목의 동백꽃을 보기 위해 등성이 길을 올랐었다.

그때 문득 밀화부리 소리가 들려 귀가 번쩍 뜨였다. 동백꽃 아래서 뜻하지 않은 밀화부리 소리를 들었을 때 어찌나 반가웠는지 마냥 가슴이 설레었다. 육지의 산에서는 오뉴월이 되어야 들리는 새소리다. 그때 그곳에서 나는 그날 하루의 삶에 그지없이 고마워했다.

오늘 아침 이 새들의 목청을 녹음으로 들으면서 한 가지 사실을 새롭게 알았다. 밀화부리와 휘파람새 소리는 얼핏 들으면 비슷한 데가 있지만, 자세히 귀 기울여 보면 휘파람새는 밀화부리에 비해 성량이 빈약한 데다 조금은 딱딱하고 그 울림의 끝이 약하다. 밀화부리는 그 목청에 기름기가 잘잘 흐르는 것 같은 아주 음률적인 소리를 띠고 있다.

또 한 가지 배운 것은, 숲에 신록이 번질 무렵 그 새소리는 가까이서 늘 들으면서도 이름은 알지 못했는데, 이번에 그 새가 하나는 '검은등뻐꾸기'이고 다른 하나는 '벙어리뻐꾸기'라는 걸 알고 반가웠다.

영롱한 구슬이 도르르 구르는 것 같은 호반새 소리를 듣고 있으니, 불일암의 오동나무가 떠오른다. 호반새는 부리와 발과 깃털할 것 없이 몸 전체가 붉은색을 띤 여름 철새다. 초입의 그 오동나무에는 새집이 네 개나 아래서 위로 줄줄이 뚫려 있는데, 초여름이 되면 딱따구리가 새끼를 치기 위해 부리로 쪼아 뚫어 놓은 구멍이다. 그런데 번번이 이 호반새가 와서 남이 애써 파 놓은 집을 염치 없이 차지하고 집주인 행세를 한다. 사람으로 치면 뻔뻔스러운 집 도둑인 셈이다. 그렇다 하더라도 그 목청만은 들을 만하다.

남녘에는 지금쯤 매화가 피어나겠다. 매화가 필 무렵이면, 꼬 리를 까불까불하면서 할미새가 자주 마당에 내려 종종걸음을 친 다. 할미새 소리를 듣고 있으니 문득 매화 소식이 궁금하다.

승주 선암사의 매화가 볼만하다. 돌담을 끼고 늘어선 해묵은 매화가 그곳 담장과 아름다운 조화를 이루고 있다. 그 고풍스러운 자태가 의연하고 기품 있는 옛 선비의 기상을 연상케 한다. 묵은 가지에서 꽃이 피어나면 그 은은한 향기가 나그네의 발길을 아쉽 게 한다.

서울의 한 대학에서 국문학을 강의하고 있는 교수 한 분은, 해 마다 매화가 필 무렵이면 부인을 동반하고 남도의 매화를 보러 간 다. 그리고 그 길에 우리 불일암에 들러 밤이 깊도록 매화에 대한 이야기를 나눈다. 꽃을 사랑하고 꽃에 대한 이야기를 하고 있으면 우리들 자신도 얼마쯤은 꽃이 되어 갈 것이다. 광양 어디엔가 수만 그루의 매화나무가 있는 드넓은 농원이 있다는 말을 들었는데, 올 봄에 한번 가 보고 싶다. 할미새 소리를 듣다가 그 연상 작용으로 매화에 이끌리고 말았다.

영 너머에선 듯 아득히 뻐꾸기 소리가 들려오고 있다. 뻐꾸기 소리는 듣는 사람의 가슴에 어떤 아득함을 심어 주는 것 같다. 밝고 명랑한 꾀꼬리 소리는 귀로 들리고, 무슨 한이 밴 것 같은 뻐꾸기 소리는 가슴으로 들린다. 밤에 우는 소쩍새의 목청이 차디찬 금속성을 띤 금관 악기의 소리라면, 멀리서 들려오는 뻐꾸기의 목청은 푸근한 달무리가 아련하게 감도는 목관 악기의 소리일 것이다.

꾀꼬리의 목청은 여럿이서 들을 때 더욱 즐겁고, 뻐꾸기는 혼자서 벽에라도 기대고 들을 때가 좋다. 남도의 산에서는 해마다 5월 5~6일경이면 어김없이 꾀꼬리와 뻐꾸기가 잇따라 찾아온다. 처음 그 소리를 들으면 얼마나 반가운지, 마치 앞산 마루에 막 떠오르는 보름달을 대하는 그런 반가움이다. 꾀꼬리 소리는 가까이서 들을수록 좋고, 뻐꾸기는 아득하게 멀리서 들리는 소리가 더 어울린다.

오래전 춘원의 글에서 읽은 듯싶은데, 일갓집 처녀 아이가 사랑하는 남자로부터 버림을 받고 몸져 누워 꼬치꼬치 말라간다. 어느 날 들여다보러 갔더니 그 아이가 꺼져 가는 목소리로 이런 말을 하더란다.

"아저씨, 저는 죽으면 뻐꾸기가 되어 이 산 저 산으로 날아다니면서 내 한을 노래할래요……."

뻐꾸기 우는 소리를 듣고 있으면 어릴 적에 읽었던 이 말이 문득 떠오를 때가 있다.

산비둘기는 또 무슨 한이 있어 저리도 서럽게 서럽게 우는고. 흐느끼듯 우는 산비둘기 소리를 들으면 내 가슴에까지 그 서러움이 묻어 오는 것 같다.

우리 곁에서 새소리가 사라져 버린다면 우리들의 삶은 얼마나 팍팍하고 메마를 것인가. 새소리는 단순한 자연의 소리가 아니라 생명이 살아서 약동하는 소리요 자연이 들려주는 아름다운 음악이다. 그런데 이 새소리가 점점 우리 곁에서 사라져 가고 있다. 안타까운 일이다.

어린 참새며 까치며 희귀 조류까지 사람의 손에 잡혀 먹히고, 독한 농약으로 인해 논밭이나 숲에서 새들이 무참히 죽어 가고 있다. 그리고 극심한 대기 오염 때문에 텃새와 철새 들도 이 땅을 꺼리고 있다.

새가 깃들지 않는 숲을 생각해 보라. 그건 이미 살아 있는 숲일 수 없다. 마찬가지로 자연의 생기와 그 화음을 대할 수 없을 때, 인간의 삶 또한 크게 병든 거나 다름이 없다.

세상이 온통 입만 열면 하나같이 경제 경제 하는 세태다. 어디에 인간의 진정한 행복과 삶의 가치가 있는지 곰곰이 헤아려 보아야 한다. 우리를 행복하게 해 주는 것은 경제만이 아니다. 행복의 소재는 여기저기에 무수히 널려 있다. 그런데 행복해질 수 있는 그 가슴을 우리는 잃어 가고 있다.

새들이 떠나간 숲은 적막하다. (1993)

버리고 떠나기

뜰가에 서 있는 후박나무가 마지막 한 잎마저 떨쳐 버리고 빈 가지만 남았다. 바라보기에도 얼마나 홀가분하고 시원한지 모르겠다. 이따금 그 빈 가지에 박새와 산까치가 날아와 쉬어 간다. 부도 앞에 있는 벚나무도 붉게 물들었던 잎을 죄다 떨구고 묵묵히 서 있다. 우물가 은행나무도 어느새 미끈한 알몸이다.

잎을 떨쳐 버리고 빈 가지로 묵묵히 서 있는 나무들을 바라보고 있으면, 내 자신도 떨쳐 버릴 것이 없는지 되돌아보게 된다. 나무들에 견주어 볼 때 우리 인간들은 단순하지 못하고 순수하지 못하며, 건강하지도 지혜롭지도 못한 것 같다. 그저 많은 것을 차지하려고만

하고, 걸핏하면 서로 미워하고 시기하면서 폭력을 휘두르려 하며, 때로는 한 치 앞도 내다보지 못한 채 콕 막혀 어리석기 짝이 없다.

오늘 오후, 옷깃을 여미게 할 만큼 바람 끝이 쌀쌀하고 잔뜩 찌푸린 날씨였다. 산을 오르기로 했다. 산에 사는 사람이 산을 오른다고 하니 이상하게 들릴지 모르지만, 산속에서도 오를 산이 얼마든지 있다. 그래서 첩첩 산이라고 하지 않던가.

뒷등성이로 올라 오리나무 숲을 찾아갔다. 오리나무 숲도 잎들을 어지간히 떨쳐 버리고 옹기종기 모여 겨울 채비를 하고 있었다. 훨훨 벗어 버린 나목裸木의 숲속을 거닐고 있으면, 이상하게도 아주 포근하고 따뜻하게 나무들의 체온이 다가선다. 잎을 무성하게 달고 있을 때는 그런 걸 느낄 수 없었는데, 빈 가지로 서 있는 나무들에서 도리어 따뜻함을 감촉할 수 있다.

사람도 마찬가지일 것이라는 생각이 든다. 이것저것 많이 차지하고 있는 사람한테서는 느끼기 어려운 그 인간미를, 조촐하고 맑은 가난을 지니고 사는 사람한테서 훈훈하게 느낄 수 있다. 이런 경우의 가난은 주어진 빈궁貧窮이 아니라, 자신의 분수와 그릇에 맞도록 자기 몫의 삶을 이루려는 선택된 청빈淸貧일 것이다. 주어진 가난은 악덕이고 부끄러움일 수 있지만, 선택된 그 청빈은 결코 악덕이 아니라 미덕이다.

오늘과 같은 세상에서 안빈낙도安貧樂道를 이야기한다면 다들 코웃음을 치겠지만, 옛 우리네 선비들은 세상의 부와 명예와 권력에 연연하지 않고 자기 나름의 세계를 가꾸면서 맑고 조촐한 삶을 넉넉하게 이루었던 것이다. 누구나 다 그럴 수는 없겠지만, 투철한 인생관을 지니고 자신의 전문 분야에서 삶을 불태우고 있는 사람들에게는 이런 선비 정신과 꿋꿋한 기상이 일상의 저변에 깔려 있어야 한다.

무엇이든지 차지하고 채우려고만 하면 사람은 거칠어지고 무디어진다. 맑은 바람이 지나갈 여백이 없기 때문이다. 오늘날 우리 사회는 함께 사는 이웃을 생각하지 않고 저마다 자기 몫을 더 차지하고 채우려고만 하기 때문에 갈등과 모순과 비리로 얽혀 있다. 한마디로 말해서, 개인이나 집단이 정서가 불안정해서 삶의 진실과 그 의미를 놓치고 있는 것이다.

버리고 비우는 일은 결코 소극적인 삶이 아니라 지혜로운 삶의 선택이다. 버리고 비우지 않고는 새것이 들어설 수 없다. 그러므로 차지하고 채우는 것은 어떤 의미에서 침체되고 묵은 과거의 늪에 갇히는 것이나 다름이 없고, 차지하고 채웠다가도 한 생각 돌이켜 미련 없이 선뜻 버리고 비우는 것은 새로운 삶으로 열리는 통로다.

만약 나뭇가지에 묵은잎이 달린 채 언제까지나 떨어지지 않고 있다면 계절이 와도 새잎은 돋아나지 못할 것이다. 새잎이 돋아나지 못하면 그 나무는 이미 성장이 중단되었거나 머지않아 시들어 버릴 병든 나무일 것이다. 소나무 향나무 대나무와 같은 상록수도 눈여겨 살펴보면 계절이 바뀔 때마다 묵은잎을 떨구고 새잎을 펼쳐낸다. 늘 푸르게 보이는 것은 그 교체가 낙엽수처럼 일시적이 아니고 점진적이기 때문이다.

잎이 말끔히 져 버린 후박나무와 은행나무는 그 빈자리에 내년에 틔울 싹을 벌써부터 마련하고 있다. 이런 현상이 바로 생태계의 자연스러운 리듬일 것이다. 이런 리듬이 없으면 삶은 지루하고 무료하고 무의미해진다. 이래서 자연은 우리에게 위대한 교사다.

그런데 유달리 우리들 인간만이, 특히 요즘의 우리들만이 자연의 질서를 등지고 거역할 뿐 아니라 도리어 파괴하려고 드는 데에 원초적인 문제가 있다. 가을이 지나가고 겨울이 오는 것을, 단순히 계절의 순환으로만 받아들여서는 안 될 것이다. 비본질적인 삶의 부스러기들을 털고 버림으로써 본질적인 삶을 이룰 수 있다는 암시요 계시로도 받아들일 수 있어야 한다.

자연의 교사로부터 배우려면 따로 학습이나 예습이 필요 없다. 더구나 과외 공부 같은 것은 도리어 방해가 된다. 그저 아무 생각이 없는 빈 마음으로 묵묵히 바라보기만 하면 된다. 그리고 흙을 가까이하면서 나무들을 매만지고 쓰다듬으며 가지 끝에 열려 있는 하늘을 이따금 쳐다보아야 한다. 하늘은 툭 트인 무한한 우주 공간을 우리에게 안겨 줌으로써, 어느 국지局地에 매달리거나 안주하려는 그 집착으로부터 벗어나게 한다.

우리들 삶의 현장에 막힌 벽만 있고 툭 트인 공간이 없다면 인간의 의식은 생기를 잃고 이내 시들어 버릴 것이다. 여백은 이래서 본질을 새롭게 인식시켜 준다. 의식의 개혁이란 이미 있는 것에 대한 변혁이 아니라, 그 공간과 여백에서 찾아낸 새로운 삶의 양식이다. 의식의 개혁 없이 새로운 삶은 이루어질 수 없다.

잎이 져 버린 오리나무 숲에서 이런 가르침을 들으면서 아주 신선한 오후의 한때를 보낸 것은, 오늘 하루 내 삶의 보람이 아닐 수 없다. 나무줄기를 쓰다듬으니 거칠거칠한 그 속에서도 여리디여린 부드러움이 있다. 거칠고 살벌한 이 풍진 세상에서도 우리 안에는 원천적으로 여린 부드러움이 내재되어 있다는 소식일까.

산마루에 올라 첩첩 쌓인 먼 산을 바라본다. 아래서 올려다 볼 때와는 달리 시야가 툭 트이니 내 마음도 트이는 것 같다. 보다 멀리 내다보려면 다시 한층 더 높이 올라가라는 옛말이 실감이 난다. 우리 옛 그림에 선비가 언덕에 올라 뒷짐을 지고 멀리 내다보는 풍경이 더러 있다. 얼핏 보면 무료하게 보일 수도 있지만, 유심히 보면 그 안에 삶의 운치와 여유와 지혜가 들어 있다.

도시의 빌딩에서 내다보이는 전경은 또 다른 빌딩일 뿐이다. 도시에는 여백이 별로 없이 그저 빽빽이 들어찬 과밀뿐이다. 따라서 삶의 여백 또한 지니기 어렵다. 여백이 없는 사유思惟는 자칫 환상이나 망상으로 치닫기 쉽다. 도시의 온갖 범죄도 이런 데서 연유되지 않을까 싶다.

공간이나 여백은 그저 비어 있는 것이 아니다. 그 공간과 여백이 본질과 실상을 떠받쳐 주고 있다.

일상의 소용돌이에서 한 생각 돌이켜 선뜻 버리고 떠나는 일은 새로운 삶의 출발로 이어진다. 그렇기 때문에 비슷비슷한 되풀이로 찌들고 퇴색해 가는 범속한 삶에서 뛰쳐나오려면, 나무들이 달고 있던 잎을 미련 없이 떨쳐 버리는 그런 결단과 용기가 있어야 한다.

한 해가 기우는 마지막 달에 자기 몫의 삶을 살고 있는 우리는 저마다 오던 길을 한 번쯤 되돌아볼 수 있어야 한다. 지금까지의 삶에 만족하고 있다면 그는 새로운 삶을 포기한 인생의 중고품이나 다름이 없다. 그의 혼은 이미 빛을 잃고 무디어진 것이다. 우리가 산다는 것은 끝없는 탐구이고 시도이며 실험이다. 그런데 이 탐구와 시도와 실험이 따르지 않는 삶은 이미 끝난 것이나 다름이 없다.

자연의 리듬은 멈추거나 끝나는 일이 절대로 없다. 자연은 스스로를 정화하면서 가장 자연스럽게 존재한다. 우리 인간도 먹는 것, 입는 것, 생각하고 활동하는 것, 대인 관계 등에 억지나 과시나 허세가 없이 지극히 자연스러워야 한다. 자연스러움이 곧 건전한 삶을 이룬다.

이제 나는 자취 생활이 지겨워 우선 묵은 둥지에서 떠나 보기로 했다. 올겨울은 히말라야를 찾아가 새로운 삶을 시작해 보고 싶다. 내 삶은 그 누구도 아닌 내 자신이 가꾸어 나가야 하기 때문이다. (1989)

장마철 이야기

일 년 열두 달, 봄 여름 가을 겨울 네 계절 중에서 무더운 여름철을 나는 좋아할 수가 없다. 눅눅한 습기와 시루 속 같은 더위에 모기와 벌레 등 물것이 기승을 부리기 때문이다. 고온 다습한 기후 덕에 벼농사가 제대로 되는 이득이 있는 줄 모르는 바 아니지만, 우선 끈적거리는 그 무더위가 괄괄한 내 성미에 맞지 않는다.

추울 때는 군불을 많이 지피고 속옷을 껴입으면 되는데, 무더운 여름철에는 벗어 버린다고 해서 해결될 일이 아니다. 벗어도 땀은 흘려야 하고 물것은 더욱 좋아라 하며 달라붙는다.

이런 더위에 지지 않고 이기려면 더위를 피할 게 아니라 그 더위 속에 뛰어들어야 한다. 더위 자체가 되어 일에 몰입하게 되면 더위가 미칠 수 없다. 옛 선사들의 가르침에도 있듯이, 더울 때는 더위 그 자체가 되고 추울 때는 추위 그 자체가 되어야, 더위와 추위에서 벗어날 수 있다.

비가 많이 내릴 듯한 날에는 이른 아침에 미리 군불을 두둑이 지펴 둔다. 여기에는 두 가지 이유가 있다. 첫째는 군불을 지펴 두면 낮 동안 발을 드리운 방 안에서 속옷 바람으로 홀가분하게, 고실고실 쾌적한 상태에서 일에 몰입할 수 있어서 좋다. 둘째는 비가 많이 내리면 아궁이에 물이 고이기 때문에 미리 보온을 해 두려는 배려에서다.

옛 집터에 집을 지을 때는 반드시 터를 돋우어 지어야 한다는데, 산거山居를 마련할 무렵의 내게는 그런 예비지식이 없어 일꾼들이 하는 대로 맡겨 두었더니, 폭우가 내리면 그때마다 아궁이에서 물이 났다. 높은 산중에는 폭우가 장시간 쏟아지면 여기저기서 생수가 터진다. 터를 돋우지 않고 깎아 내면 그 생수의 물길이 낮은 데로 흐르기 때문에 평지보다 낮은 아궁이에 물이 고이게 마련이다.

처음에는 멋모르고 물이 괴는 족족 퍼냈더니 물은 샘물처럼 끊임없이 괴었다. 자다가도 걱정이 되어 몇 차례씩 깨어나 부엌에 들어가 물을 몇 동이씩 퍼내곤 했다. 그대로 두면 아궁이 속 고래에까지 물이 넘칠 것 같아서였다.

그러나 그건 부질없는 짓임을 뒤늦게 알아차렸다. 괴는 족족 물을 퍼내면 도리어 물길이 트여 끊임없이 물이 괸다. 그런데 물이 괴면 그 물량에 따라 압력, 즉 수압水壓이 생기기 때문에 일정량을 넘으면 그 이상 더 차오르지 않는다는 사실을 뒤늦게 터득했다. 물리 시간에 배워서 알 만한 일인데도 까맣게 잊어버리고 실생활에서 몸소 부딪쳐 겪음으로써 비로소 산 지식이 된 것이다.

이런 애로를 극복하기 위해 집 둘레를 깊이 파 물이 흘러갈 수로를 마련하는 공사를 몇 차례 시도해 보았지만, 서너 자 깊이 파 들어가면 암반이 나와 손 연장으로는 더 깊이 팔 수가 없었다. 그래 요즘에는 장마철의 연중행사로 알고 둘레의 상황에 묵묵히 순응하고 있다. 제방이 무너져 사람이 죽고 가재도구를 떠 내려보내야 하는 그런 수재水災에 비하면, 아궁이에 괸 물 좀 퍼내는 일쯤은 아무것도 아니라는 생각이 든다.

한 가지 고마운 일은 굴뚝 위에 올려놓는 환풍기가 있어, 그 어떤 날씨에도 아궁이에 불이 잘 든다. 높은 산중에서는 기압과 골짜기의 기류 때문에 안개가 짙게 끼거나 구름이 낮게 뜬 여름철에는 불이 잘 들지 않고 내는 수가 많다. 이 산중에 들어와 살면서 여름철이면 번번이 연기가 아궁이 밖으로 나오는 바람에 본의 아니게 눈물을 많이 흘렸다. 불이 잘 안 들 때 평지 같으면 굴뚝을 높이면 연기를 잘 빨아올리지만, 산중에서는 바람을 타기 때문에 굴뚝이 높으면 상대적으로 덜 든다는 사실도 경험을 통해 배웠다.

그러다가, 굴뚝에 다는 환풍기가 있다는 말을 듣고 그걸 사용한 뒤부터는 눈물을 흘릴 일이 없다. 불 내는 바람이 불어 이 환풍기를 쓸 때마다, 나는 이런 기구를 발명한 사람에게 무슨 상이라도 드리고 싶은 고마운 심정이다. '문명의 이기'란 이런 걸 두고 하는 말이겠구나 싶다.

산천경개의 겉모습만 보고 스치고 지나가는 사람들 눈에는 한가하게 새소리나 듣고 부드러운 앞산의 산마루나 바라보면서 맑음과 고요를 즐기는 듯한 산중 생활을 부러워할지 모르겠다. 하지만 그 한가와 고요와 맑음을 누리기 위해서는 그만한 보상을 치른다는 사실을 알기나 하는지. 그래서 세상에는 공것도 없고 거저 되는 일도 없다. 그 어떤 형태의 삶이건 간에 그 삶의 차지만큼 치러야 할 몫이 있는 법이다. 크면 클수록 많으면 많을수록 치러야 할 그 몫도 또한 크고 많을 수밖에 없다.

이제는 장마철 빨래 이야기를 좀 해야겠다. 며칠씩 잔뜩 찌푸린 채 찔찔거리다가도 하루쯤 반짝 햇볕이 나는 때가 있다. 말하자면 장마철의 '작전 타임'인 셈이다. 이런 기회를 놓쳐서는 안 된다. 땀에 절어 벗어 놓은 옷가지를 빨아야 한다. 혹은 비가 새는 지붕이 있으면 이때를 기해 고쳐야 하고, 수채며 축대의 손질도 이때를 놓치지 말아야 한다.

장마철에는 습기가 많고 햇살이 얇기 때문에 빨랫줄에 널어놓아도 잘 마르지 않는다. 건조실이 따로 없는 내 처지에는 아랫목 침상 밑에 펼쳐 두고 하룻밤을 재우면 잘 마른다.

대로 엮은 침상은 암자를 지을 때 쓰고 남은 재목으로 틀을 짜고, 대밭에서 베어 낸 통대를 쪼개어 만든 것이다. 대 마디를 정미롭게 손질하지 못해 울퉁불퉁하기 때문에, 피하 지방이 별로 없는 내 몸에는 딱딱하고 배기지만 지압 삼아 여름철이면 대 침상을 방 안에 들여놓고 쓴다. 아궁이에 물이 괴어 며칠 동안 군불을 지피지 않더라도 침상에 누우면 눅눅하지 않아서 좋다. 그리고 침상에서 자면 방바닥에서 잘 때보다 일어날 때 훨씬 몸이 가볍고 개운하다.

이건 공연한 소리일지 모르지만, 내가 살 만큼 살다가 목숨이 다해 이 몸이 내 것이 아니게 될 때 침상째 들어다 불태워 버리면 일거리가 훨씬 줄어들 것이다. 어차피 언젠가는 한번 이 육신에 대한 증거 인멸의 의식을 치러야 할 테니까.

평생 쓰이던 침상이 그 주인을 잃고 난 후 여기저기 뒹굴면서 거추장스러운 물건이 되기보다는 함께 불에 타 재로 소멸되는 쪽이

나을 것이다. 한번 만났던 것과는 언젠가 반드시 헤어지지 않으면 안 될 그런 인연을 우리는 이 세상에 몸 받을 때부터 안고 있다.

빗속에 태산목꽃이 피었다가 지곤 한다. 그저께 아침 피어난 상앗빛 꽃송이가 그날 저녁 무렵에는 오므리더니 어제는 그대로 열린 채 밤을 맞이했다. 오늘 종일 비를 맞으면서 마지막 향기를 내뿜고 있다. 내일이면 빛도 바래고 향기도 사라질 것이다. 덧없는 꽃이여, 목숨이여!

인도의 옛 도시 바라나시로 공부하러 간 한 후배한테서 오늘 편지가 왔다.

45도의 더위, 그리고 모기떼들, 자칫 눈물이 나올 것 같은 견디기 어려운 열기 속에 너무도 한국이 그리워집니다. 언젠가는 차가운 얼음 물에 몸을 한번 담가 봤으면 하는 생각을 하였고, 다섯 잔의 냉커피를 단숨에 들이킨 꿈을 꾸기도 했습니다.

그러다가는 또다시 한밤중의 무더위 속에 잠을 깨면 간혹 환한 달 빛과 멀리서 개 짖는 소리만 들릴 뿐 바람 한 점 없어 숨이 막힙니다……

몇 년째 인도의 한 대학에서 산스크리트를 공부하고 있는 여리디여린 한 스님한테서도 다음과 같은 사연이 왔다.

요즘 중부 인도는 날마다 섭씨 45도의 기온을 유지하고 있습니다. 천장에 매달린 프로펠러식 선풍기 하나에 의지하여 이 여름을 보내고 있지만, 그나마 잦은 정전으로 멎어 버린 선풍기만 쳐다볼 때가 많습니다…….

나는 올여름의 더위를 이 두 사연으로 인해 거뜬히 이겨 나갈 것이다. 아무리 더워도 이 땅의 기온은 섭씨 45도에는 이르지 않을 테니까. (1991)

달 같은 해, 해 같은 달

태풍의 영향으로 며칠 동안 궂은 날씨이더니, 오늘 오랜만에 눈부신 햇살을 대하게 됐습니다. 산에서 살면 날씨의 영향을 크게 받습니다. 날씨가 흐리거나 비바람이 치면 기분 또한 무겁게 처지고, 밝은 햇살과 맑은 바람이 살랑거리는 화창한 날에는 숲속의 새처럼 명랑해집니다. 자연의 품에 안겨 살아가면 사람도 자연의 일부로 동화되는 모양입니다.

오늘 밤에는 모처럼 달빛이 이 산골의 오두막을 찾아왔습니다. 창문을 열고 한참 동안 달마중을 했습니다. 무슨 인연으로 이 두메산골의 오두막에 와서 지내고 있는지 내 처지를 헤아립니다. 사람을 피해서 기댈 곳을 찾다 보니 화전민이 살다가 버리고 간 이 오두막을 만나게 됐습니다. 다 고마운 시절 인연의 덕인 줄 압니다.

휴정休靜 선사의 시에 다음 같은 글이 있습니다.

이름 때문에 숨어 살기 어려워
마음 편히 쉴 곳이 없다
지팡이 날리고 또 날려서
찾는 산이 깊지 않을까 두렵네

사람이 같은 사람을 피해서 살아야 하다니 남들은 이해하기 어렵겠지만, 진정으로 그 '사람'을 위해서 사람으로부터 멀리 떠나 살고 싶은 심정입니다. 홀로 있을수록 함께 있다는 말에 나는 전적으로 공감합니다. 먼 데 있는 사람은 사랑할 수 있어도 가까이서 일없이 추근거리는 추상적인 사람들에게는 마음의 문이 열리지 않습니다. 물론 자비심이 모자란 탓인 줄 잘 알지만, 내 삶의 질서를 위해서는 어쩔 수 없는 일입니다.

지난봄을 고비로 내 삶에서 안팎으로 변화가 일기 시작했습니다. 20년 가까이 의지하고 살던 거처에 대한 미련을 훨훨 떨치고 일어설 수 있게 됐습니다. 그리고 잡다한 소유와 관계를 정리 정돈

하면서 다시 떠나는 연습을 합니다. 떠난다는 것은 타성적이고 비본질적인 삶으로부터의 탈출이기도 합니다.

이 오두막은 거의 원시 상태입니다. 자연의 혜택을 마음껏 누릴 수 있는 그런 여건입니다. 해발 7백 미터가 넘기 때문에 요즘 같은 삼복에도 더위를 모르고 하루걸러 군불을 지피고 밤으로는 이불을 덮어야 합니다. 모기와 파리 같은 귀찮은 물것도 없습니다.

고마운 것은 오두막 가까이 맑게 흐르는 개울이 있어 아무 때고 나가 씻거나 빨 수 있습니다. 밤낮으로 흐르는 개울물 소리에 귀를 모으고 있으면 세월의 뒤뜰이 넘어다 보이기도 합니다. 개울가 바위 끝에 좌정하고 있으면 내 속 뜰에서 꽃 피어나는 소리가 들립니다.

내 팔자가 그런 탓인지 어디를 가나 나는 손수 끓여 먹는 자취 신세입니다. 이 오두막에 와 지내면서 감자를 많이많이 먹습니다. 갓 캐낸 햇감자는 껍질이 잘 벗겨집니다. 그걸 쪄서 으깨 가지고 묽은 된장국과 곁들여 먹으면 늘 먹어도 물리지 않습니다. 고속 도로 휴게소 같은 데서 파는 무성의한 음식보다는 훨씬 위생적이고 맛이 좋습니다. 늦은 봄에 심은 몇 구덩이의 호박 넝쿨에 주렁주렁 애호박이 매달려 있고, 고추밭에서 딴 풋고추가 요즘의 내 식탁에서는 중요한 부식입니다.

이곳에 와 지내면서 산자락에 피는 들꽃의 아름다움에 새로운 눈이 뜨입니다. 부엌 창문 밖으로 내다보이는 주황색 나리꽃이 내 눈길을 자주 끌어갑니다. 나리꽃 둘레로는 망초가 허옇게 꽃을 피우고 있고, 개울가에서는 노란 마타리가 하늘하늘 손짓을 보내옵니다. 아, 이것이 바로 화장세계華藏世界인가 싶습니다.

무엇보다도 이 산골의 오두막이 마음에 드는 것은 사람 그림자를 볼 수 없는 점입니다. 이른 봄에 약초를 캐러 가는 산골 사람들 대여섯을 본 후로는 지나가는 사람을 아직 보지 못했습니다. 누가 묻기를, 사람이 그립지 않느냐고 하는데, 글쎄요, 모르긴 해도 한동안 그런 일은 없을 것 같습니다. 신문이나 방송을 보고 듣지 않아도 내 삶에는 아무런 지장이 없습니다. 오히려 잡다한 정보로부터 해방되어 있기 때문에 보다 단순하고 순수해질 수 있습니다.

나는 이곳에 와 지내면서 새삼스레 죽음에 대해서 가끔 생각하게 됩니다. 죽음은 삶과 무연한 일이 아닙니다. 우리가 산다는 것은 어떤 의미에서 연소요, 소모이므로 순간순간 죽어 가는 일이기도 합니다. 그렇지만 죽음이란 삶의 끝이 아니라 다음 생의 시작이라고 확신하고 있는 나는, 평소부터 죽음의 의례적인 번거로운 의식에 대해서 못마땅하게 생각해 오고 있습니다.

할 수 있다면, 여럿이 사는 절에서는 죽고 싶지 않습니다. 많은 이웃들에게 내 벗어 버린 껍데기로 인해 폐를 끼치고 싶지 않기 때문입니다. 이것은 지금까지 절에서 행해진 번거로운 그 검은 의식을 목격하면서 결심한 바입니다. 나는 살 만큼 살다가 심지가 다 되면 아무도 없는 데서 자취 없이 증발하고 싶습니다. 그래서 지난 6월 어느 날에는 생각이 내킨 김에 내 죽음과 관계된 일에 대해서 '남기는 말'을 맑은 정신으로 미리 써 두었습니다.

청명한 밤하늘에서 별자리를 찾는 것이 요즘의 내 밤 일과입니다. 별자리에 대한 책을 보면서 실제로 그 별들을 찾는 일은 신기하고 흥미롭습니다. 별밤을 지켜보고 있으면 내 안에서도 초롱초롱 별들이 돋아나는 것 같습니다.

달 같은 해, 혹은 해 같은 달을 본 적이 있으신지요. 7월 하순 어느 날, 서울로 가는 고속 도로 위에서 나는 달 같은 해와 해 같은 달을 반 시간 남짓 바라볼 수 있었습니다.

석양 무렵인데 그날은 엷은 망사 같은 이내가 끼어 있었습니다. 차창 밖으로 얼핏 보니 이내 때문에 해가 달처럼 부옇게 떠 있었습니다. 해를 안고 가는 길 덕분에, 산마루가 바뀔 때마다 졌다가는 다시 떠 있는, 달 같은 해와 해 같은 달을 몇 번이고 볼 수 있었습니다. 그런데 그 빛이 볼 때마다 새로운 모습이라 자연의 아름다움 앞에 머리를 숙여 예배드리고 싶었습니다. 우리가 무량겁을 두고 끝없이 되풀이하고 있는 생과 사도 이 달 같은 해, 해 같은 달의 모습이 아닐까 하는 생각이 들었습니다.

자연은 참으로 아름답고 신비롭습니다. 이런 자연을 가까이 대하면 사람의 마음도 한없이 아름답고 신비로워질 것입니다. 자연을 등진 인류 문명은 결국 쓰레기로 처지고 말 것입니다. 우리가 지키고 가꾸어야 할 일은 자연을 자연대로 지키면서 우리 안에서 그 아름다움과 신비를 캐내는 일이 아닐는지요.

남은 여름을 건강하게 지내십시오. (1992)

자연의 소리에 귀 기울이라

새벽 예불을 마치고 나니 문득 비 내리는 소리가 들린다. 간밤에는 처마 끝에 풍경 소리가 잠결에 들리던 걸로 미루어 바람이 불었던 모양이다.

이제는 풍경 소리도 멎은 채 소근소근 비 내리는 소리뿐이다.

밖에 나가 장작더미에 우장을 덮어 주고 뜰가에 내놓았던 의자도 처마 밑에 들여놓았다. 그리고 요즘 막 꽃대가 부풀어 오르는 수선화水仙花의 분도 비를 맞으라고 밖에다 내놓았다. 방에 들어와 빗소리에 귀를 모으고 있으니 참 좋다. 오랜만에 어둠을 적시는 빗소리를 들으니 내 마음이 말할 수 없이 그윽해지려고 한다.

우리가 무슨 소리에 귀를 기울인다는 것은 삶의 중요한 한 몫이다. 그 소리를 통해서 마음에 평온이 오고 마음이 맑아질 수 있다면 그것 또한 소리의 은혜가 아닐 수 없다. 특히 자연의 소리에 귀를 기울이는 일은 곧 자기 내면의 통로로 이어진다는 사실에 주목해야 한다.

이때 생각은 딴 데다 두고 건성으로 듣지 말 일이다. 그저 열린 마음으로 무심히 받아들이기만 하면 된다. '무심'이란 말에 매이지 말고 그저 열린 귀로 듣기만 하라. 소리 없이 내리는 비가 메말랐던 마음밭을 촉촉이 적셔 줄 것이다.

얼마 전 서울에 갔을 때 마침 삼불三佛 김원룡 박사의 문인화전文人畵展이 조선일보 미술관에서 열린 참이었다. 여느 직업적인 화가의 그림보다 밝고 담박한 선과 색채에 유머가 있어, 보는 마음을 한없이 즐겁게 했다. 이 또한 그날 하루의 내 조촐하고 향기로운 삶을 이루게 했다.

1백여 점 되는 그림 가운데 관음상觀音像이 두 폭 있었는데, 그중 한 폭이 그림도 뛰어나고 화제畵題도 좋아 아직까지도 생생하게 내 기억에 자리하고 있다. 작년 부처님 오신 날에 그린 그림인데, '관세음청세음시자비부세만물무비관세음보살觀世音聽世音施慈悲浮世萬物無非觀世音菩薩'이란 화제를 달고 있었다.

"세상의 소리를 살피고 세상의 소리에 귀 기울여 자비를 베푸니 이 풍진 세상의 만물이 곧 관세음보살 아닌 것이 없더라."

경전에 따르면 관세음보살은 듣는 일을 통해 깨달음을 이루었다고 했다. 이와 같이 어떤 현상이나 사물의 소리를 듣는다는 것은 우리 삶에 큰 의미를 지닌다.

그러나 대개의 사람들은 사는 일에 급급하여 자연의 소리를 들을 줄을 모른다. 아니, 아예 들으려고조차 하지 않는다. 바닷가에 살면서도 파도 소리를 듣지 못하고, 산중에 살면서도 솔바람이 어떤 것인지조차 모른다. 시시껄렁하고 쓸데없는 소리에는 곧잘 귀를 팔며 덩달아 입방아들을 찧으면서도 마음을 맑게 하고 평온하게 하는 그런 소리에는 귀를 닫기가 일쑤다.

빗소리에 귀를 기울이고 있으니 문득 인도의 성자 카비르의 시가 떠오른다.

빛의 비가 내리네
보이지 않는 비
보이지 않는 곳에서 질문과 대답이 이루어지고
말하는 이도 듣는 이도 없네
여기 환희의 비가 내리네
하늘 한복판에서 활짝 핀 연꽃처럼

한번 빛의 비에 젖은 이는 더는 젖지 않으리
누가 이 감정을 말로 다 표현할 수 있으리

이 우주의 무한한 진리가 굳이 어떤 종교의 경전이나 가르침
속에만 있는 것은 결코 아니다. 경전이나 종교적인 교리는 이미 틀
속에 갇혀 팔팔한 생기를 잃어버린 지 오래다. 순간순간 우리가 살
아가는 삶의 현장에서 내 눈으로 보고 내 귀로 듣고 내 마음으로
느껴야 한다.

일상에 매몰된 그런 눈과 귀와 마음이 아니라 눈 속의 눈으로,
귓속의 귀로, 마음속의 마음으로 받아들일 수 있어야 한다. 티 없
이 맑은 심성을 지닌 사람만이 어떤 현상에서나 살아 있는 진리를
발견한다. 열린 마음을 지닌 사람은 서로 다른 종교 속에서도 하나
의 진리를 발견하고, 닫힌 마음을 지니게 되면 하나의 진리 대신
차별만을 무수히 찾아낸다.

우리들이 순간순간 부딪치면서 살아가는 지금 당장의 일이 삶
의 알맹이가 되어야 할 것이다. 그렇기 때문에 삶에 가장 절실한 가
르침이, 지금 이 자리의 이런 삶과 가장 가까운 종교가 진짜 종교
다. 지금 당장의 삶과 아무 상관도 없는 메마르고 관념적이고 사변
적인 가르침은 종교를 빙자한 공허한 헛소리다. 그 누구의 경우건
법문이란 이름 아래 이런 '헛소리'에 지금까지 우리가 얼마나 많이

속아 왔는지, 냉정하게 맑은 제정신으로 살펴볼 줄 알아야 한다.

하루하루, 한순간 한순간이 우리를 형성하고 거듭나게 한다. 이 한순간 한순간이 깨어 있는 영원한 삶이 되어야 한다. 그렇지 않으면 그 어떤 삶이라 할지라도 각자에게 주어진 삶의 몫을 부질없이 낭비하고 말 것이다.

미국의 사상가 랄프 트라인은 이렇게 읊고 있다.

그대, 진정으로 원하는가?
그렇다면 지금 이 순간을 잡아라
무엇을 하든 무엇을 꿈꾸든
지금 이 순간부터 시작하라

자신의 주관을 지니고 사람답게 살려고 하는 사람은 누구나 자기 스스로 발견한 길을 가야 한다. 그래서 자기 자신의 꽃을 피워야 한다.

오늘 아침, 올봄 들어 처음으로 숲에서 찌르레기의 야무진 목청이 들린다. 이제 또 봄이 시작되는 모양이다. (1991)

덜 쓰고 덜 버리기

"땅에서 넘어진 자 땅을 딛고 일어선다."라는 옛말이 있다. 요즘 쓰레기 종량제를 지켜보면서 이 말이 문득 떠올랐다. 사람이 만들어 낸 쓰레기 때문에 사람 자신이 치여 죽을 판이니 어떻게 하겠는가.

해답은 쓰레기를 줄이는 수밖에 없다.

인간은 생태계적인 순환에서 벗어날 수 없다. 우리들 인간의 행위가 곧 우리 환경에 직접적인 영향을 미치게 되고, 그 행위는 결과로 우리에게 되돌아온다. 이런 현상이 인과 법칙이요, 우주의 조화다.

야생 동물은 자신들이 몸담고 사는 둥지나 환경을 결코 더럽히지 않는다. 문명하고 개화했다는 사람들만이 자기네의 생활 환경을 허물고 더럽힌다.

일찍이 농경 사회에서는 쓰레기란 것이 없었다. 논밭에서 나온 것은 다시 논밭으로 되돌려 비료의 기능을 했다. 산업 사회의 화학 제품과 공업 제품이 땅과 지하수를 더럽히고 우리 삶에 위협을 가하고 있다.

언젠가 광릉 수목원에 갔더니, 우리가 함부로 버리는 쓰레기의 썩는 기간을 다음과 같이 명시하고 있었다. 양철 깡통이 다 삭아 없어지려면 1백 년이 걸리고, 알루미늄 캔은 5백 년, 플라스틱과 유리는 영구적이고, 비닐은 반영구적이라고 했다. 그리고 여기저기 허옇게 굴러다니는 스티로폼은 1천 년 이상 걸린다는 것이다. 끔찍한 일이다.

이 땅이 누구의 땅인가? 우리들의 할아버지와 할머니 들 그 이전부터 조상 대대로 물려 내려온 땅이다. 또한 우리 후손들이 오래오래 대를 이어 살아가야 할 삶의 터전이다. 그런데 이 땅이 우리 시대에 와서 말할 수 없이 더럽혀지고 허물어지고 있다는 것은 현재의 우리들 삶 자체가 온전하지 못하다는 증거다. 우리 선인들은 밥알 하나라도 버리지 않고 끔찍이 여기며 음덕을 쌓았는데, 그 후손인 우리들은 과소비로 인해 음덕은 고사하고 복 감할 짓만 되풀이하고 있다.

더 말할 것도 없이 과소비와 포식이 인간을 병들게 한다. 오늘날 우리들은 인간이 아니라 흔히 '소비자'라는 이름으로 불리고 있다. 영혼을 지닌 인간이 한낱 물건의 소비자로 전락한 것이다. 소비자란 인간을 얼마나 모독한 말인가. 사람이 쓰레기를 만들어 내는 존재에 불과하다니, 그러면서도 소비자가 어찌 왕일 수 있단 말인가.

현재와 같은 대량 소비 풍조는 미국형 산업 사회를 성장 모델로 삼은 결과가 아닌가 싶다. 자원과 기술은 풍부하지만 정신문화와 역사적인 전통이 깊지 않은 그들을 본받다 보니, 오늘과 같은 쓰레기를 양산하기에 이른 것이 아닌지 모르겠다.

작은 것과 적은 것이 귀하고 소중하고 아름답고 고맙다. 귀하게 여길 줄 알고, 소중하게 여길 줄 알고, 아름답게 여길 줄 알며, 또한 감사하게 여길 줄 아는 데서 맑은 기쁨이 솟는다.

물건을 새로 사들이고 한동안 지니고 쓰다가 시들해지면 내다버리는 이런 순환에 갇혀 있는 한, 맑고 투명한 마음의 평온은 결코 얻을 수 없다.

사람이 행복하게 살기 위해서 무엇이 꼭 있어야 하고 없어도 좋은지 크게 나누어 생각해야 한다.

사람이 사람답게 살려면 먼저 자신부터 억제할 줄 알아야 한다. 자신의 처지와 분수도 모르고 소유욕에 사로잡히게 되면, 그 욕망의 좁은 공간에 갇혀 정신의 문이 열리지 않는다.

쓰레기를 만들어 내는 소비자가 되지 않으려면 우선 그럴듯한 광고에 속지 말아야 한다. 광고는 단순히 상품의 선전이 아니라 우리들의 욕구를 충동질한다.

산업 사회의 생산자는 소비자가 필요한 물건을 만들어 낸다기보다는 소비자의 욕구와 욕망을 자극하는 물건들을 만들어 낸다. 소비자는 결국 생산자에 의해서 조작당하고 유도된다. 이때 소비자의 욕망을 자극하는 역할을 담당하는 것이 바로 광고다.

광고의 그럴듯한 단어들에 현혹되지 말라. 그 속을 들여다보고 그 안에 어떤 알맹이와 함정이 들어 있는지 냉정하게 살펴보아야 한다. 정신을 바짝 차리고 자신의 처지와 분수에 눈을 돌려 곰곰이 생각한 끝에 신중하게 선택해야 한다. 한때의 기분이나 충동에 휘말리게 되면 우리들 자신이 마침내 쓰레기가 되고 만다.

소유물은 우리가 그것을 소유하는 이상으로 우리들 자신을 소유해 버린다. 그러니 필요에 따라 살아야지 욕망에 따라 살지는 말아야 한다. 욕망과 필요의 차이를 분별할 수 있어야 한다.

행복의 척도는 필요한 것을 얼마나 많이 가지고 있느냐에 있지 않다. 없어도 좋을 불필요한 것으로부터 얼마만큼 홀가분해져 있느냐에 따라 행복의 문이 열린다.

하나가 필요할 때 둘을 가지려고 하지 말라. 일상적인 경험을 통해서 익히 체험하고 있듯이, 둘을 갖게 되면 그 하나의 소중함마저 잃게 된다. 가수요는 허욕에서 싹튼다. 모자랄까 봐 미리 걱정하는 그 마음이 바로 모자람 아니겠는가.

지금까지 집 안에 사들인 물건들을 한번 둘러보라. 쓰지도 않고 한쪽 구석에 놓아둔 물건이 얼마나 많은가.

우리들이 쓰고 있는 모든 물건은 이 지구상에 한정된 자원의 일부라는 사실을 명심해야 한다. 이 자원은 조상으로부터 물려받은 것이므로 후손에게 물려줄 인류 공유의 자원이다.

우리가 보다 인간다운 삶을 이루려면 될 수 있는 한 생활용품을 적게 사용하면서 간소하게 살아야 한다. 덜 쓰고 덜 버리는 이 길밖에 다른 길은 없다.

땅에서 넘어진 자 땅을 딛고 일어선다. (1995)

숲속의 이야기

아침부터 안개비가 내리고 있다. 대나무들이 고개를 드리우고, 간밤에 핀 달맞이꽃도 후줄근하게 젖어 있다. 이런 날은 극성스러운 쇠찌르레기(새)도 울지 않고, 꾀꼬리며 밀화부리, 뻐꾸기, 산 까치, 호반새, 휘파람새 소리도 뜸하다.

어제 해 질 녘, 비가 올 것 같아 장작과 잎나무를 좀 들였더니 내 몸도 뻐근하다. 오늘이 산중 절에서는 삭발 목욕날, 아랫절에 내려가 더운물에 목욕을 하고 왔으면 싶은데, 내려갔다 올라오면 길섶의 이슬에 옷이 젖을 것이고 또 땀을 흘려야 할 걸 생각하니 선뜻 마음이 내키지 않는다. 솥에 물을 데워 우물가 욕실에서 끼얹고 말까 보다.

숲속에서 살다 보면 날씨의 영향을 크게 받는다. 눈이 부시게 푸르른 날은 기분도 상쾌하여 사는 일 자체가 즐겁지만, 비가 오거나 바람이 거세게 부는 날은 심신이 더불어 무겁고 저조하다.

숲속에서 함께 살아가는 새나 짐승 들도 마찬가지다. 감정이 있는 유정有情들이라 사람이나 짐승이 크게 다를 바 없다. 때로는 그 정을 나누며 가까이하다가도, 발걸음이 뜸해지면 까맣게 잊은 채 관계의 줄이 느슨해진다. 눈에서 멀면 마음에서도 멀어지게 마련이니까.

며칠 전에는 이런 일이 있었다. 아침 여섯 시면 어김없이 부엌에 내려가 아침 공양을 끓여 먹는데, 그날은 하던 번역 일을 한 꼭지 마저 하고 내려가려고 시간을 좀 늦추게 되었다. 여섯 시 반쯤 되어 누가 덧문을 두들겼다. 이른 아침에 웬 놈이 또 찾아왔는가 싶어 마루로 나가 덧문을 열었더니, 다람쥐란 녀석이 뽀르르 덧문에서 내려 깡충 뛰어갔다.

아침마다 똑같은 시간에 문을 열다가 그날 아침은 좀 늦었더니, 숲속의 한식구인 다람쥐가 웬일인가 싶어 문을 두들긴 것이다. 창고에 놓아둔 밥밑콩을 지붕 밑 환기통으로 드나들면서 야금야금 죄다 먹더니, 그 밥값을 하느라고 나를 부른 것인가. 이토록 영

특하고 귀여운 다람쥐를 대한민국에서는 외화 획득에 눈이 어두워 가죽을 벗겨 팔아먹은 적이 있다.

그 전날 일을 고되게 하고 나면 어쩌다 깊은 잠에 빠져 예불 시간이 늦어질 때가 있다. 그런 때는 잠결에 누가 '스님!' 하고 부르는 소리에 벌떡 깨어난다. 눈에는 보이지 않는데 분명히 들리는 소리. 그것은 아마 누구에게나 따르고 있는 '수호천사'의 소리일 것이다. 항상 그림자처럼 따르고 있는 자아의 분신 같은 존재. 그러나 삶에 질서가 없거나 무디어지면 이런 소리를 들을 수 없다. 정신이 맑고 마음이 투명해야 자기 분신의 소리를 들을 수 있다.

이따금 장끼(수꿩)가 홰를 치면서 큰 소리로 울어대는 때가 있다. 또 누가 올라오는가 싶어 밖에 나가 보면 어김없이 사람들이 올라오고 있다. 장끼 말이 나온 김에 꿩 이야기를 좀 해야겠다.

겨울철이면 숲속에 먹이가 시원찮아서인지 꿩들이 많이 뜰가에 내려와 어정거린다. 처음에는 먹이(주로 콩)를 뿌려 주어도 저만큼서 바라보기만 하지 선뜻 다가서려고 하지 않는다. 내가 몸을 비켜주면 그때에야 와서 주워 먹는다. 사람을 못 믿어 하는 모양이다.

이렇게 조금씩 길을 들이다 보면 까투리(암꿩)는 내 발부리에까지 와서 마음 놓고 쪼아 먹는다. 그러나 장끼는 여전히 바라보고만 있다. 어쩌다 밖에 나가 며칠 만에 돌아오면 나를 보자마자 까투리들은 우르르 몰려든다. 이렇게 되면 모든 일을 제쳐 두고 그 애들

먹이부터 먼저 뿌려 주어야 한다.

이런 꿩들이 며칠 동안 안 보이면 몹시 궁금하다. 혹시 매한테 채여 가지나 않았는가, 혹은 다른 짐승한테 물려 가지나 않았는가 싶어서다. 한동안 까투리고 장끼고 전혀 보이지 않더니, 요 며칠 전에 대숲 속에서 병아리만 한 새끼 꿩들이 대여섯 마리 몰려가는 것을 보았다. 그동안 알을 품느라고 보이지 않았던 것이다. 여름철에는 숲속에 먹이가 많으니 뜰에는 잘 안 온다. 이따금 장끼 소리만 들려올 뿐.

숲속에서도 인간의 도시에서처럼 이따금 비정한 약육강식이 벌어진다. 그때마다 새들의 지저귀는 소리가 아주 다급하게 들린다. 하루는 해가 기울고 어스름이 내릴 무렵 채소밭에서 풀을 매고 있는데, 우물 쪽 나무 위에서 새들이 아주 다급하게 짹짹거렸다. 웬일인가 싶어 호미를 든 채 그쪽으로 가 보았더니, 매가 한 마리 날아와 새 새끼들을 채 가려고 노리고 있는 참이었다.

"예끼놈! 썩 안 물러갈래?" 하고 크게 고함을 쳤더니 매는 날아가고, 다람쥐가 나무줄기를 타고 내려왔다. 이웃의 위급함에 그도 한몫 거들면서 짹짹거렸던 모양이다. 다람쥐가 꼬리를 쳐들면서 짹짹거릴 때는 쇳소리가 난다.

안개비가 이제는 굵은 빗줄기로 바뀌었다. 안개는 저 아래 골짜기에 머물러 있다. 이런 빗속에서도 태산목에는 꽃 한 송이가 새로 피어났다. 내 눈에는 나무에 피는 꽃 중에서 이 태산목꽃이 가장 정결하고 기품이 있고 좋은 향기를 지닌 것 같다. 꽃이파리 하나가 꽃술을 우산처럼 받쳐들고 있는 걸 볼 때마다 생명의 신비 앞에 숙연해진다. 일단 피어나기로 작정한 이상 비가 오거나 바람이 불지라도 피고야 마는 꽃의 생태에서, 게으른 사람들은 배울 것이 많다.

위채 부엌문 위에서는 요즘 말벌이 집 짓기에 한창이다. 아침에 보니 벌써 작은 호박덩이만 하게 지어 놓았다. 한 주일쯤 전 집을 짓는 걸 처음 목격하고 더 커지기 전에 떼어 버려야겠다고 생각했었다.

재작년에도 저 말벌 때문에 나도 몇 차례 쏘이고 나그네들도 더러 쏘인 일이 있었다. 남의 집에 붙어 사는 처지에 주인도 몰라보고 쏘다니, 그 소행이 괘씸해서 집을 헐어 버렸다. 아, 그랬더니 집을 잃어버린 벌들은 며칠 동안 집 자리를 맴돌면서 떠나갈 줄을 몰랐다. 그 정성이 측은해서 마음에 걸렸었다. 쩍쩍 달라붙는 소리가 거슬리고 또 쏘일까 봐 일찍이 뜯어 버려야겠다고 벼르다가, 애써 집을 짓는 걸 보고 어제는 마음을 고쳐먹었다. 그래서 벌들한테 이런 말을 해 주었다.

"얘 벌들아, 나하고 약속을 하자. 너희들이 나를 쏘지 않고 찾아오는 사람들을 쏘지 않는다면, 집 짓고 사는 것을 묵인하겠다. 그러나 만약 그 전처럼 주인이건 나그네건 한 사람이라도 쏘면 그날로 즉시 철거하게 될 것이다. 알아들었지?"

언어의 길이 다르니 내 말은 못 알아들을지라도, 모든 중생에게 불성佛性이 있다고 했으니, 내가 한 말뜻은 전해졌으리라 믿는다. 이런 약속의 사실이 활자화되기까지 했으니, 내가 한 말에 대해서 나도 끝까지 책임을 질 것이다.

이제는 또 토끼 이야기를 할 차례다. 작년에도 케일밭에 무단 침입 하는 토끼를 물리치기 위해, 밤에 등불을 켜고 라디오를 켜 놓았지만 소용이 없더라는 이야기를 한 적이 있다. 먹이를 가지고 짐승과 다투는 일이 부끄럽게 생각되어 포기하고 말았었다.

장마가 들기 시작한 어느 날, 큰절 일꾼이 우중인데도 케일 모종을 가져와 심어 주었다. 올해는 봄씨앗을 뿌리고 나서 둘레에 망을 쳐 두었다. 그런데 잎이 뜯어 먹을 만큼 자라니 밤이면 또 토끼들이 망 밑으로 기어들어 와 뜯어 먹고 부러뜨려 놓았다. 망 밑에 돌을 주워다 눌러놓았지만 소용이 없었다.

이걸 어떻게 할까 고심하던 중인데, 하루는 대낮에 토끼가 망 안으로 들어왔다가 포식을 하고 나가려던 참에 인기척을 듣고 제 풀에 놀라 들어온 구멍을 잊어버렸다. 이리 뛰고 저리 부딪치면서 어쩔 바를 몰랐다. "예끼놈!" 하고 호통을 치니 더욱 놀라서 날뛰었다. 가까스로 망을 헤치고 달아난 뒤로는 아직까지 얼씬거리지 않는다. 짐승도 크게 놀라야 정신이 나는 모양이다.

몹시 추웠던 한 해 겨울, 눈까지 잔뜩 내려 쌓인 밤이었다. 그때는 덧문이 없던 시절이라 외풍이 심해 깊은 잠을 못 이루고 있는데, 뒷문께에서 무슨 소리가 들렸다. 무슨 소린가 해서 문을 열자 풀쩍 잿빛 산토끼가 한 마리 방 안으로 뛰어들었다. 순간 깜짝 놀랐었다. 춥고 배고파서 산중에 사는 이웃을 찾아온 손님을 흔연히 맞이했다. 광에서 고구마를 내다가 주고 하룻밤 재워서 보낸 일이 있다. (1986)

3장

책

장욱진, 〈아이(손자)〉, 1972

나에게는 좋은 책을 읽는 시간이
휴식이다.

새벽에 내리는 비

새벽에 비 내리는 소리를 듣고 잠에서 깨어났다. 머리맡에 소근소
근 다가서는 저 부드러운 발자국 소리. 개울물 소리에 실려 조용히
내리는 빗소리에 귀를 기울이고 있으면 살아 있는 우주의 맥박을
느낄 수 있다.

새벽에 내리는 빗소리에서 나는 우주의 호흡이 내 자신의 숨결
과 서로 이어지고 있음을 감지한다. 그 무엇에도 방해받지 않는 자
연의 소리는, 늘 들어도 시끄럽거나 무료하지 않고 우리 마음을 그
윽하게 한다.

사람이 흙을 일구며 농사를 짓고 살던 시절에는 이와 같은 자

연의 소리를 들으면서 그 질서 안에서 넘치지 않고 순박하게 살 수 있었다. 작은 것에 만족하고 적은 것에도 고마워했다. 남이 가진 것을 시샘하거나 넘보지도 않았다. 자기 분수에 자족하면서 논밭을 가꾸듯 자신의 삶을 묵묵히 가꾸어 나갔다.

그러나 물질과 경제를 '사람'보다도 중요시하고 우선시하는 요즘 세상에서는, 농사를 짓는 사람들까지도 대부분 예전 같은 감성과 덕성을 지니고 있지 않다. 농사도 이제는 기업으로 여겨 먼저 수지타산을 따져야 하기 때문이다. 논밭을, 조상으로부터 물려받은 신성한 생명의 터전으로 여기기보다는 생산과 효용의 수단으로 이용하고 있을 뿐이다.

좁은 땅덩이에 인구는 불어나 어쩔 수 없이 양계장처럼 켜켜이 올려놓은 아파트라는 주거 형태는, 우선은 편리하겠지만 인간의 본질과 장래를 생각할 때 결코 이상적인 주거 공간은 못 된다. 그같은 주거 공간에는 생명의 근원인 흙이 없다. 허공에 매달려 추상적이고 관념적으로 살아가는 생태이므로 인간 생활이 건강할 수 없다. 한마디로 요약하면, 사람은 흙에서 멀어질수록 병원과 가까워진다.

우리에게는 각자가 짊어지고 있는 상황이 있다. 좋건 싫건 그 상황 아래서 살아가지 않을 수 없다. 자신의 뜻은 보다 단순하고 소박하게 살고 싶은데, 주변의 상황은 그렇게 살기를 허용하지 않는다. 이게 아닌데 아닌데 하면서도 어쩔 수 없이 끌려가면서 사는 일이 허다하다.

물론 자기 자신이 순간순간의 삶을 통해서 그렇게 만들어 놓은 것이고 개인의 집합체인 사회가 또한 그런 흐름을 이루어 놓은 것이다.

이를 다른 용어로 표현하자면, 우리들의 삶은 '업業의 놀음'이라고 할 수 있다. 개인의 상황을 별업別業이라 하고, 사회적인 상황을 공업共業이라고 한다.

우리 둘레가 온통 부정부패와 검은돈의 거래로 들끓고 있는 요즘의 현실을 지켜보면서, 우리 시대가 저지른 업의 놀음을 실감하게 된다. 탐욕이 생사윤회의 근본이라는 말도 있지만, 모두 분수 밖의 욕심 때문에 나라 꼴이 이 지경에 이른 것이다.

끼니를 이을 수 없을 만큼 가난한 처지라면 이해도 가지만, 다들 번쩍거리면서 살 만큼 사는 사람들이 검은돈에 놀아나고 있으니, '사과 상자'의 위력이 무엇이기에 이 모양 이 꼴인가. 자기 분수와 명예를 목숨처럼 지키면서 꿋꿋하게 살았던 우리 선인들의 선비 정신을 생각하면, 돈의 노예로 전락해 버린 그 후손인 우리의 설 자리는 과연 어디일까 싶다.

알퐁스 도데를 기억하는가. 남프랑스의 한 양치기의 아름다운 이야기, 〈별〉을 쓴 작가를. 아를 역전에서 버스를 타고 한 10여분 달리면 퐁비에유라는 시골 마을이다. 버스에서 내려 다복솔이 듬성듬성한 메마른 언덕을 올라가면 정상에 작은 풍차 집이 하나 있다. 알퐁스 도데가 1866년경 〈풍차 방앗간 소식〉의 연작을 썼던 곳이 바로 여기다. 지금은 '도데 기념관'으로 쓰이고 있는데, 론강 언저리에서 불어오는 북풍(미스트랄)으로 풍차를 돌려 밀을 빻던 방앗간이다.

오늘 소개하려는 이야기, 〈황금의 뇌를 가진 사나이〉도 도데가 이곳에서 쓴 것이다. 이야기는 이와 같이 이어진다.

옛날에 머리 속이 온통 황금으로 된 사나이가 있었다. 그가 세상에 태어났을 때, 의사들은 그 아이가 오래 살지 못할 것이라고 생각했다. 아이의 머리가 이상하리만큼 크고 무거웠기 때문이다.

어느 날 그는 계단에서 굴러떨어져 대리석 층계에 이마를 세게 부딪힌다. 순간 그의 머리 속에서 쇠붙이가 덜거덕거리는 소리가 들린다. 부모가 놀라서 뛰어와 아이를 일으켜 보니 큰 상처는 없었지만 머리카락 사이에 삐죽이 황금 부스러기가 나와 있는 걸 보고, 그 아이가 황금으로 된 뇌를 가지고 있다는 사실을 비로소 알게 된다.

이날부터 부모는 아이를 누가 유괴해 갈까 봐 밖에 나다니지 못하게 한다. 아이가 자라서 열여덟 살이 되었을 때에야 부모는 그가 태어날 때부터 가지고 있던 비밀을 알려 준다. 그러면서 너를 키우느라 애간장을 태웠으니 그에 대한 보답으로 머리 속의 황금을 조금만 나누어 줄 수 없겠느냐고 한다. 아이는 선뜻 호두알 크기만 한 황금 덩어리를 자신의 두개골에서 떼어 내어 어머니에게 드린다.

그는 이때부터 머리 속에 들어 있는 값비싼 황금에 정신이 팔려 이 황금이면 세상에서 무슨 일이든지 할 수 있을 거라고 자만하게 된다. 그는 황금을 마구 낭비하면서 왕족처럼 사치스럽게 살아간다. 뇌 속의 황금은 방탕한 생활로 인해 자꾸 줄어들고, 못된 친구에게 도둑맞기도 한다. 그러다가 마침내 골 속이 다 비어 인생을 제대로 살아보지도 못한 채 죽음에 이르게 된다.

이 이야기는 다음과 같이 끝을 맺고 있다.

"세상에는 하찮은 것을 위해 자신의 소중한 황금을 마구 낭비하는 불쌍한 사람들이 많다. 그 하찮은 것들로 인해 그들은 하루하루를 고통 속에 살다가 처참한 죽음을 맞이한다."

자신의 좋은 특성과 잠재력으로 상징되는, 당신이 지닌 그 황금은 무엇인가? 소중한 그 황금을 혹시나 하찮은 일에 탕진하고 있지는 않는가?

거룩한 가난

새삼스러운 생각이지만 불을 맨 먼저 찾아낸 사람이 누구인지 그에게 감사드리고 싶다. 수인씨燧人氏가 됐건 프로메테우스가 됐건, 불을 발견한 것은 오늘의 인류 사회를 낳게 한 시발이라고 할 수 있다. 이 얼어붙은 겨울에 만약 불이 없다면 어떻게 될 것인가.

나무를 먹고 온기를 발산하는 난롯가에 앉아 장작 타는 소리를 듣고 있으면 마음이 느긋해진다. 얼어붙은 개울에서 도끼로 얼음장을 깨고 물을 길어 와 난로 위에 올려놓는다. 솔바람 소리를 내면서 차관에서는 이윽고 물이 끓는다. 어느 세상에서 꽃이 피어나는 소리인가.

바람을 마시고 사는 처마 끝의 풍경이 자기도 집 안으로 좀 들어갈 수 없느냐고 이따금 오들오들 떨면서 땡그랑거린다. 업이 달라 어떻게 해 줄 수 없는 처지가 안타깝다. 하지만 땡그랑거리는 그 소리가 오두막의 주인에게는 적잖은 위로와 파적破寂이 된다. 바람이 없는 집 안에서는 풍경은 한시도 살아 있을 수가 없다.

물고기는 잘 때도 눈을 뜨고 자듯이 수행자는 늘 깨어 있어야 한다는 뜻에서, 물고기의 형상을 만들어 처마 끝에 매달아 놓았다는 설이 전해진다. 혹은 바다에서 그물로 고기를 건져내듯이, 고통의 바다에서 괴로워하는 중생들을 법의 그물로 구제하라는 뜻에서라고도 한다.

바람이 없으면 그 존재 의미가 사라져 버리는 풍경, 바람을 맞으며 살아가는 풍경은 우리들에게 명상의 소재를 끊임없이 전해 주고 있다. 그러나 무딘 귀는 단지 땡그랑거리는 풍경 소리로밖에 들을 줄을 모른다.

난롯가에 앉아 예전에 읽었던 책을 다시 펼쳐 보면서 눈에 묻힌 오두막의 살림살이에 고마움을 느낀다. 아시시의 성 프란체스코는 수행자들에게는 그 어떤 종파를 가릴 것 없이 영원한 사표가 될 것이다. 스스로 선택한 그의 '거룩한 가난'은 현대의 우리들에게 물질의 풍요 속에서 도리어 정신적인 궁핍과 자책을 느끼게 한다.

그의 《발자취(페루지아 전기)》를 몇 해 만에 다시 펼쳐 든 감회는 새롭다. 그는 760여 년 전에 44세의 한창 나이로 육신을 거두었지만, 그의 투철했던 구도 정신과 이웃에 대한 사랑은 세월이 갈수록 더욱 빛을 발하고 있다. 그는 '만인의 형제'임에 틀림이 없다.

1992년 11월 로마에 들렀을 때, 그 무렵 공무로 잠시 바티칸에 머물고 계셨던 장익張益 신부님의 따뜻한 배려로, 그곳 국무성에 근무하는 사제들의 숙소에 묵으면서 가톨릭 성지를 순례한 적이 있다. 그 가운데서도 평소에 존경하고 흠모해 오던 프란체스코 성인의 땅 아시시를 방문했던 그날의 감격과 기억은 지금도 생생해서 내 가슴에서 출렁거린다.

프란체스코 성인이 수도하고 임종한 곳 포르치운콜라의 성모 성당. 아주 비좁고 초라하기까지 한 이곳에서 성인과 그의 형제들이 거룩한 가난과 사랑의 싹을 틔워 그 시대뿐 아니라 오늘날까지도 청정한 수도의 모범을 이룬 것이다. 이곳은 작은 형제들의 고향이며 거울이다. 1209년까지 초기 형제들의 기도와 침묵으로 이루어진 수도원이었는데, 내부는 몇 가지 장식을 추가했을 뿐 단순하고 소박한 그때의 원형이 그대로 보존되어 있다. 뒷날 이 작은 성당을 품에 끌어안듯 '천사들의 성모 기념 대성당'을 그 위에 세웠다.

성인과 그 형제들이 살았던 3평 정도 되는 조그만 방과 작은 창이 성인의 인품을 그대로 드러내고 있는 듯했다. 성당 가까이에

'눈물의 방'과 지하에 '용서의 방'이 퍽 인상적이었다. 성인이 돌아가신 지 4년 만에 움브리아 언덕 위에 큰 성당을 세워 그곳에 성인의 유해를 모셨다. 이 움브리아 언덕에서 내려다보면 아시시 시내가 한눈에 들어온다. 중세와 현대가 알맞게 조화된 그런 도시다. 이 거리에서 프란체스코 성인이 형성되었는가 싶으니 한결 정답게 여겨졌다.

바로 지척에 글라라 성녀가 살았던 성 다미아노 성당이 있는데, 그 안에 글라라 성녀의 시신이 안치되어 있어 7세기가 지나간 후 한반도의 한 나그네의 발걸음을 그 앞에서 멈추게 했다.

성인을 따라 형제들의 수가 늘어나자 보다 큰 집이 필요하게 되었다. 성인이 볼일로 외지에 나간 사이에 지어 놓은 새 집을 보고 그는 놀라면서 총장을 찾아가 이렇게 말한다.

"이 수도원은 우리 형제회의 모델이자 거울입니다. 그러니 이곳에 오는 모든 형제들이 각자의 수도원으로 돌아갈 때는 가장 아름다운 가난의 모범을 배우고 가야 하지 않겠습니까. 나는 이 수도원의 형제들이 하느님에 대한 사랑으로 안정과 위로보다는 불편과 번잡스러움을 증거하기 바랍니다."

성인은 형제들의 집과 오두막이 참으로 수도자의 신분에 잘 어울리게 보다 작고 보다 검소하면 할수록 만족하게 여겼고, 그런 집에 머물기를 좋아했었다. 죽음이 임박했을 때 그는 유언에다가,

가난과 겸손을 보다 안전하게 지키기 위해 형제들의 모든 집과 오두막은 반드시 흙과 나무로만 지어야 한다는 내용을 넣도록 고집했다.

수도원을 짓도록 땅을 희사할 사람이 있으면, 그 지역이 수도원으로 적합한지 혹은 과분하지 않은지를 먼저 결정해야 한다고 했다. 그리고 지키기로 서약한 거룩한 가난의 면모를 잃어버리지 않겠는지, 주위 사람들에게 좋은 모범을 줄 수 있겠는지를 염두에 두어야 한다고도 했다.

절과 교회와 성당을 그저 크고 화려하게만 세우려고 하는 오늘의 우리들은 허세를 거두고 이런 가르침 앞에 반성할 줄 알아야 한다. 자기 반성이 결여된 종교는 온전한 종교일 수 없다.

프란체스코 성인은 형제들이 수도원을 그들의 소유로 삼지 말고, 항상 그 속에서 순례자나 나그네처럼 살기를 원했다.

그는 병약한 몸이면서도 자신에게 아주 엄격했다. 죽을 때까지 갖가지 병을 앓으면서도 곡식과 채소로 된 음식만을 그것도 조금밖에 들지 않았다. 곁에서 간호하던 형제들이 환자의 건강을 염려해서 음식에 약간의 고기를 넣어 요리를 했다.

어느 날 당신이 설교하던 광장에 군중을 모이게 한 다음 이렇게 말한다.

"여러분은 내가 세속을 떠나 형제회에 입회하였으며 형제들을 인도하는 나를 보고 거룩한 사람으로 여기고 있습니다. 그렇지만 하느님과 여러분 앞에 고백합니다만, 나는 아프다는 핑계로 고기와 그 국물을 먹었습니다."

이 말을 듣고 자비심과 연민의 정에 북받친 사람들은 모두 눈물을 흘렸다고 전기 작가는 기록하고 있다. 그분은 하느님에게 알려진 일을 사람들에게 숨기려 하지 않았다.

한번은 몹시 추운 겨울철에 생긴 일인데, 당신의 비장과 냉증을 치료하기 위해 한 형제가 여우 털을 조금 구해 와서 비장과 위장 언저리의 웃옷 안쪽에 그것을 꿰매 드리면 어떨까 여쭌 일이 있었다. 그분은 아무리 추운 날씨에도 겉옷 한 벌 외에는 다른 옷을 걸치지 않았다. 이것은 돌아가실 때까지 한결같았다. 그때 성인은 이렇게 대답했다.

"만약 형제가 내 옷 안에다 털을 붙일 생각이라면 밖에다도 붙여 주시오. 사람들은 내가 부드러운 털옷을 입고 있음을 알게 될 것입니다."

그분은 안과 밖이 다른 위선을 싫어했기 때문이다.

동서를 막론하고 옛날의 수행자들은 이와 같이 진실과 청빈과 단순을 수도의 생명으로 삼았다. 곧은 마음(直心)이 도량道場(수도원)이란 말도 있듯이, 수행자가 정직과 진실에서 이탈하면 그는 진정한 수행자일 수가 없다.

'거룩한 가난'이 진실한 수행에 어떤 의미가 있는지, 한 수행자의 발자취를 더듬으면서 내 자신이 몹시 부끄럽고 초라하게 느껴졌다. 그러나 서책을 통해서나마 프란체스코 성인을 만나 그의 가르침에 귀 기울이며 공감할 수 있는 인연에, 무한한 감사를 드린다.

지식은 사람을 교만하게 만들기 쉬운데 사랑은 감화를 시킨다. 지식은 행동을 동반할 때에만 가치가 있다. 덕행의 실천보다 더 좋은 설교가 어디 있겠는가. 성인의 거룩한 가난이 오늘의 수행자들을 환하게 비추고 있다. (1994)

소리 없는 소리

누가 찾아오지만 않으면 하루 종일 가야 나는 말할 일이 없다. 그렇다고 해서 이제 새삼스럽게 외롭다거나 적적함을 느끼는 것도 아니다. 그저 넉넉하고 천연스러울 뿐이다.

홀로 있으면 비로소 내 귀가 열리기 때문에 무엇인가를 듣는다. 새소리를 듣고 바람 소리를 듣고 토끼나 노루가 푸석거리면서 지나가는 소리를 듣는다. 꽃 피는 소리를, 시드는 소리를, 지는 소리를, 그리고 때로는 세월이 고개를 넘으면서 한숨 쉬는 소리를 듣는다. 그러므로 듣는다는 것은 곧 내 내면의 뜰을 들여다보는 일이다.

낯선 사람들을 만나 말대꾸를 하고 난 후면 허전하기 이를 데

없다. 목젖까지 찰랑찰랑 고였던 맑은 말들이 어디론지 새어 버린 것 같다. 지난여름에도 아랫절에 내려가 수련을 하는 학생들한테 서너 시간 지껄이고 났더니, 올라오는 길에는 몹시 허전해서 후회한 적이 있다. 소리 내어 말하기보다는 듣는 일이 얼마나 현명한 태도인가를 거듭거듭 확인할 수 있었다.

미하엘 엔데의 동화《모모》에 이런 구절이 나온다.

마을 사람들은 무슨 일이 생기면 폐허가 되어 버린 원형 극장으로 고아 소녀인 모모를 찾아간다. 그들은 모든 것을 그 어린 소녀에게 털어놓는다. 소녀는 다만 그들의 말에 귀를 기울여 들어 줄 뿐인데, 방황하는 사람들은 정착을, 나약한 사람들은 용기를, 불행한 사람과 억눌린 사람 들은 신념과 기쁨을 느끼게 된다.

그들은 그렇게 함으로써 자기 자신에게 눈을 뜬다.

오늘 우리들은 되는 소리든 안 되는 소리든 쏟아 버리기를 좋아한다. 그러면서도 남의 말에 차분히 귀 기울이려고는 하지 않는다. 다들 성미가 급해서 듣고 있을 수가 없는 것이다. 어른 아이 할 것 없이 텔레비전 앞에서처럼 얌전히 앉아 들을 줄을 모른다.

귀 기울여 듣는다는 것은 침묵을 익힌다는 말이기도 하다. 침묵은 더 말할 것도 없이 자기 내면의 바다이다.

말은, 진실한 말은 내면의 바다에서 자란다. 자기 언어를 갖지 못하고 남의 말만 열심히 흉내 내는 오늘의 우리는 무엇인가.

다시 모모의 이야기.

별들이(어떤 사물이라고 해도 상관없다) 우리에게 들려준 이야기를 친구들한테 전하려면, 우선 그것에 필요한 말이 우리 안에서 자라야 한다. 다시 말해, 기다림의 인내가 있어야 한다는 뜻이다.

'씨앗처럼 기다리는 거야. 움이 돋아나기까지 땅속에 묻혀 잠자는 씨앗처럼.'

현대인들은 기다릴 만한 시간이 없다고 한다. 그러나 사실은 시간이 없어서가 아니라, 그 시간을 적절하게 쓸 줄 모르고 있는 것이다. 버스를 기다리면서, 택시를 잡기 위해 줄지어 서 있으면서도 그 시간을 유효하게 쓰지 못하고 흘려버리기 일쑤다. 자기 생명의 순간들을 아무렇게나 흩어 버린다. 그러면서도 입버릇처럼 '시간이 없어서', '그럴 여가가 없어서'라고 한다.

시간의 주재자 호라 박사가 모모에게 들려준 이야기다.

"시간은 참된 소유자를 떠나면 죽은 시간이 되고 말아. 왜냐하면 모든 사람들이 저마다 자신의 시간을 갖고 있기 때문이지. 그래서 이것이 참으로 자신의 시간일 때만 그 시간은 생명을 갖게 되는 거란다."

열린 귀는 들으리라.

한때 무성하던 것이 져 버린 이 가을의 텅 빈 들녘에서 끝없이 밀려드는 소리 없는 소리를, 자기 시간의 꽃들을. (1977)

영혼의 모음

어린 왕자에게 보내는 편지

1

어린 왕자!

지금 밖에는 가랑잎 구르는 소리가 들린다. 창호에 번지는 오후의 햇살이 지극히 선하다.

이런 시각에 나는 티 없이 맑은 네 목소리를 듣는다. 구슬 같은 눈매를 본다. 하루에도 몇 번씩 해 지는 광경을 바라보고 있을 그 눈매를 그린다. 그리고 이런 메아리가 들려온다.

"나하고 친하자, 나는 외롭다."

"나는 외롭다…… 나는 외롭다…… 나는 외롭다……."

어린 왕자!

이제 너는 내게서 무연한 남이 아니다. 한 지붕 아래 사는 낯익은 식구다. 지금까지 너를 스무 번도 더 읽은 나는 이제 새삼스레 글자를 읽을 필요가 없어졌다. 책장을 훌훌 넘기기만 해도 네 세계를 넘어다볼 수 있기 때문이다. 행간에 씌어진 사연까지도, 여백에 스며 있는 목소리까지도 죄다 읽고 들을 수 있게 된 것이다.

몇 해 전, 그러니까 1965년 5월, 너와 마주친 것은 하나의 해후였다. 너를 통해서 비로소 인간관계의 바탕을 인식할 수 있었고, 세계와 나의 촌수를 헤아리게 되었다. 그때까지 보이지 않던 사물이 보이게 되고, 들리지 않던 소리가 들리게 된 것이다. 그러니까 너를 통해서 내 자신과 마주친 것이다.

그때부터 나의 가난한 서가에는 너의 동료들이 하나둘 모여들기 시작했다. 그 애들은 메마른 나의 가지에 푸른 수액을 돌게 했다. 솔바람 소리처럼 무심한 세계로 나를 이끌었다. 그리고 내가 하는 일이 곧 나의 존재임을 투명하게 깨우쳐 주었다.

더러는 그저 괜히 창문을 열 때가 있다. 밤하늘을 쳐다보며 귀를 기울인다. 방울처럼 울려올 네 웃음소리를 듣기 위해. 그리고 혼자서 웃음을 머금는다. 이런 나를 곁에서 이상히 여긴다면, 네가 가르쳐 준 대로 나는 이렇게 말하리라.

"별들을 보고 있으면 난 언제든지 웃음이 나네……."

2

어린 왕자!

너의 아저씨(생텍쥐페리)는 이렇게 말하고 있더라.

"……어른들은 숫자를 좋아한다. 어른들에게 새로 사귄 동무 이야기를 하면, 제일 중요한 것은 도무지 묻지 않는다. 그분들은 '그 동무의 목소리가 어떠냐? 무슨 장난을 제일 좋아하느냐? 나비 같은 걸 채집하느냐?' 이렇게 묻는 일은 절대로 없다. '나이가 몇이냐? 몸무게가 얼마나 나가느냐? 그 애 아버지가 얼마나 버느냐?' 이것이 그분들이 묻는 말이다. 그제야 그 동무를 아는 줄로 생각한다.

만약 어른들에게 '창틀에는 제라늄이 피어 있고 지붕에는 비둘기들이 놀고 있는 아름다운 붉은 벽돌집을 보았다.'라고 말하면, 그분들은 이 집이 어떻게 생겼는지 생각해 내질 못한다. '1억 원짜리 집을 보았어.'라고 해야 한다. 그러면 '거참 굉장하구나!' 하고 감탄한다."

지금 우리 둘레에서는 숫자 놀음이 한창이다. 두 차례 선거를 치르고 나더니 물가가 뛰어오르고, 수출고가 예상보다 처지고, 국민 소득이 어렵다는 등. 그러니 잘산다는 것은 눈에 보이는 숫자의 단위가 많을수록 좋다는 것이다. 따라서 다스리는 사람들은 이 숫자에 최대 관심을 쏟고 있다. 숫자가 늘어나면 으스대고, 줄어들면 마구 화를 낸다. 말하자면 자기 목숨의 심지가 얼마쯤 남았는지는 무관심이면서, 눈에 보이는 숫자에만 매달려 살고 있다.

그런데 이런 가시적인 숫자의 놀음으로 해서 비가시적인 인간의 영역이 날로 위축되고 메말라 간다는 데에 문제가 있다. 똑같은 물을 마시는데도 소가 마시면 우유를 만들고, 뱀이 마시면 독을 만든다는 비유가 있지만, 숫자를 다루는 그 당사자의 인간적인 바탕이 문제다. 그런데 흔히 내로라하는 어른들은 인간의 대지를 떠나 둥둥 겉돌면서도 그런 사실조차 모르고 있다.

어린 왕자!

너는 그런 사람을 가리켜 '버섯'이라고 했었지?

"……그는 꽃향기를 맡아 본 일도 없고 별을 바라본 일도 없고, 누구를 사랑해 본 일도 없다. 더하기밖에는 아무것도 한 일이 없어. 그러면서도 온종일, 나는 착한 사람이다, 나는 착한 사람이다 하고 뇌고만 있어. 그리고 이것 때문에 잔뜩 교만을 부리고 있어. 그렇지만 그건 사람이 아니야, 버섯이야!"

그래, 네가 여우한테서 얻어들은 비밀처럼 가장 중요한 것은 눈에는 보이지 않아. 잘 보려면 마음으로 보아야 한다. 사실 눈에 보이는 것은 빙산의 한 모서리에 불과해. 보다 크고 넓은 마음으로 느껴야지. 그런데 어른들은 어디 그래? 눈앞에 나타나야만 보인다고 하거든. 정말 눈뜬장님들이지. 눈에 보이지 않는 세계까지도 꿰뚫어 볼 수 있는 그 슬기가 현대인들에겐 아쉽다는 말이다.

3

어린 왕자!

너는 단 하나밖에 없는 소중한 꽃인 줄 알았다가, 그 꽃과 같은 많은 장미를 보고 실망한 나머지 풀밭에 엎드려 울었었지? 그때에 여우가 나타나 '길들인다'는 말을 가르쳐 주었어. 그건 너무 잊힌 말이라고 하면서 '관계를 맺는다.'는 뜻이라고.

길들이기 전에는 서로가 아직은 몇천 몇만의 흔해 빠진 비슷한 존재에 불과하여 아쉽거나 그립지도 않지만, 일단 길을 들이게 되면 이 세상에서 단 하나밖에 없는 그런 소중한 존재가 되고 만다는 거야.

"……네가 나를 길들이면 내 생활은 해가 돋는 것처럼 환해질 거야. 난 어느 발소리하고도 다른 발소리를 알게 될 거야. 네 발소리는 음악이 되어 나를 굴 밖으로 불러낼 거야."

그리고 여우와는 아무 상관도 없는 밀밭이 어린 왕자의 머리가 금빛이라는 이 한 가지 사실 때문에, 황금빛이 감도는 밀을 보면 그리워지고 밀밭을 지나가는 바람 소리가 좋아질 거라고 했다.

그토록 절절한 관계가 오늘의 인간 세계에서는 퇴색해 버렸어. 서로를 이해와 타산으로 이용하려 들거든. 정말 각박한 세상이다. 나와 너의 관계가 없어지고 만 거야. '나'는 나이고, '너'는 너로 끊어지고 말았어. 이와 같이 뿔뿔이 흩어져 버렸기 때문에 나와 너는 더욱 외로워질 수밖에 없는 거야. 인간관계가 회복되려면, '나' '너' 사이에 '와'가 개재되어야 해. 그래야만 '우리'가 될 수 있어.

다시 네 동무인 여우의 목소리를 들어 볼까.

"……사람들은 이제 무얼 알 시간조차 없어지고 말았어. 다 만들어 놓은 물건을 가게에서 사면 되니까. 하지만 친구를 팔아 주는 장사꾼이란 없으므로 사람들은 친구가 없게 됐단다. 친구를 갖고 싶거든 날 길들여!"

길들인다는 뜻을 알아차린 어린 왕자 너는 네가 그 장미꽃을 위해 보낸 시간 때문에 네 장미꽃이 그토록 소중하게 된 것임을 알고 이렇게 말한다.

"……내 장미꽃 하나만으로 수천수만의 장미꽃을 당하고도 남아. 그건 내가 물을 준 꽃이니까. 내가 고깔을 씌워 주고 병풍으로 바람을 막아 준 꽃이니까. 내가 벌레를 잡아 준 것이 그 장미꽃이었으니까. 그리고 원망하는 소리나 자랑하는 말이나 혹은 점잖게

있는 것까지라도 다 들어 준 것이 그 꽃이었으니까. 그건 내 장미
꽃이니까."

그러면서 자기가 길들인 것에 대해서는 영원히 자기가 책임을
지게 되는 거라고 했다.

"……너는 네 장미꽃에 대해서 책임이 있어!"

4

너는 이런 말도 했지.

"……사람들은 특급 열차를 집어타지만, 무얼 찾아가는지를 몰
라."

그렇다. 현대인은 바쁘게 살고 있다. 시간에 쫓기고 일에 밀리
고 돈에 추격당하면서 정신없이 산다. 어디서 와서 어디로 가는지
도 모르면서, 피로회복제를 마셔 가며 그저 바쁘게만 뛰어다니려
고 한다. 전혀 길들일 줄을 모른다. 그래서 한 정원에 몇천 그루의
꽃을 가꾸면서도 자기네들이 찾는 걸 거기서 얻어 내지 못하고 있
는 거다. 그것은 단 한 송이의 꽃이나 한 모금의 물에서도 얻을 수
있는 것인데.

너는 또 이렇게 말했지.

"……그저 아이들만이 자기네들이 찾는 게 무언지를 알고 있

어. 아이들은 헝겊으로 만든 인형 하나 때문에도 시간을 허비하고, 그래서 그 인형이 아주 중요한 것이 돼 버려. 그러니까 누가 그걸 뺏으면 우는 거야…….

어린 왕자!

너는 죽음을 아무렇지 않게 생각하더구나. 이 육신을 묵은 허물로 비유하면서 죽음을 조금도 두려워하지 않더구나.

삶은 한 조각 구름이 일어나는 것이요, 죽음은 한 조각 구름이 스러지는 것이라고 여기고 있더라.

그렇다, 이 우주의 근원을 넘나드는 사람에겐 죽음 같은 게 아무것도 아니야. 죽음도 삶의 한 과정이니까.

어린 왕자, 너의 실체는 그 묵은 허물 같은 것이 아닐 거야. 그건 낡은 옷이니까. 옷이 낡으면 새 옷으로 갈아입듯이 우리들의 육신도 그럴 거다. 그리고 네가 살던 별나라로 돌아가려면 사실 그 몸뚱이를 가지고 가기에는 거추장스러울 거다.

"……그건 내버린 묵은 허물 같을 거야. 묵은 허물, 그건 슬프지 않아. 이봐 아저씨, 그건 아득할 거야. 나도 별들을 쳐다볼래. 모든 별들이 녹슨 도르래 달린 우물이 될 거야. 모든 별들이 내게 물을 마시게 해 줄 거야……."

어린 왕자!

이제는 너를 길들인 후 내 둘레에 얽힌 이야기를 전하고 싶다.

《어린 왕자》라는 책을 처음으로 내게 소개해 준 벗은 이 한 가지 사실만으로도 한평생 잊을 수 없는 고마운 벗이다. 너를 대할 때마다 거듭거듭 감사하지 않을 수 없다. 그 벗은 나에게 하나의 운명 같은 것을 만나게 해 주었으니까.

지금까지 읽은 책도 적지 않지만, 너에게서처럼 커다란 감동을 받은 책은 많지 않았다. 그렇기 때문에 네가 나한테는 단순한 책이 아니라 하나의 경전이라고 한대도 조금도 과장이 아닐 것 같다. 누가 나더러 지묵紙墨으로 된 한두 권의 책을 선택하라면 《화엄경華嚴經》과 함께 선뜻 너를 고르겠다.

가까운 친지들에게 《어린 왕자》를 아마 서른 권도 넘게 사 주었을 것이다. 너를 읽고 좋아하는 사람한테서는 이내 신뢰감과 친화력을 느끼게 된다. 설사 그가 처음 만난 사람이라 할지라도 너를 이해하고 좋아하는 사람이라면 그는 내 벗이 될 수 있어. 내가 아는 프랑스 신부 한 사람과 뉴질랜드 노처녀 하나는 너로 해서 가까워진 외국인이다.

너를 읽고도 별 감흥이 없어 보이는 사람들이 있는데, 그런 사람은 나와 치수가 잘 맞지 않는 사람으로 생각하는 거다. 어떤 사람이 나와 친해질 수 있느냐 없느냐를 너를 읽고 난 그 반응으로 능히 짐작할 수 있다는 말이다. 그러니 너는 사람의 폭을 재는 한 개의 자(尺度)다. 적어도 나에게는.

그리고 네 목소리를 들을 때 나는 누워서 들어. 그래야 네 목소리를 보다 생생하게 들을 수 있기 때문이야. 상상의 날개를 마음껏 펼치고 날아다닐 수 있는 거야. 네 목소리는 들을수록 새롭기만 해. 그건 영원한 영혼의 모음母音이야.

아, 이토록 네가 나를 흔들고 있는 까닭은 어디에 있는 것일까. 그건 네 영혼이 너무도 아름답고 착하고 조금은 슬프기 때문일 것이다. 사막이 아름다운 건 어디엔가 샘물이 고여 있어서 그렇듯이.

네 소중한 장미와 고삐가 없는 양에게 안부를 전해다오.

너는 항시 나와 함께 있다. 안녕. (1971)

파블로 카살스

지난 한 해 동안 읽은 몇 권의 책 중에서 아직도 내 마음속에 생생
하게 자리하고 있는 것은 《첼리스트 카살스, 나의 기쁨과 슬픔》이
다. 앨버트 E. 칸이 카살스로부터 직접 들은 이야기를 그 나름의
생동감이 넘치는 문장으로 엮어 놓은 카살스의 초상이다.

　카살스는 단순히 첼로 연주가만은 아니다. 작곡과 지휘도 함
께 했지만, 93년 그의 긴 생애를 통해 파시즘에 핍박받는 동족들
을 아끼고 사랑하면서 세계 평화를 추구한 위대한 인류의 양심이
었다. 오래전에 로맹 롤랑이 쓴 《베토벤의 생애》를 읽을 때의 그런
감동이었다.

이화 여대 부속 중학교에서 교편을 잡고 있는 조남숙 님이 지난가을 이 책을 보내 주었다. 그때 나는 일손이 바빠 '저자의 말'만 읽고 덮어 두었다가 차분한 기회에 읽으려고 했는데, 그만 빨려들어 잡은 참에 읽고 말았다. 좋은 책에는 그와 같은 빨아들이는 힘이 있는 모양이다.

"지난번 생일로 나는 93세가 되었다. 물론 젊은 나이는 아니다. 그러나 나이는 상대적인 문제다. 일을 계속하면서 주위 세계의 아름다움에 빠져든다면, 사람들은 나이라는 것이 반드시 늙어 가는 것만을 뜻하지 않는다는 사실을 알게 될 것이다. 나는 사물에 대해서 전보다 더욱 강렬하게 느끼며 나에게 있어서 인생은 점점 매혹적이 되고 있다."

그 책은 이런 말로 시작되고 있다. 나이는 상대적인 문제라고 했다. 옳은 말이다. 나이 들어 하는 일 없이 골방이나 양로원에 들어앉아 텔레비전이나 보면서 소일을 하고 있다면, 그는 틀림없이 나이 든 노인이다. 그러나 할 일이 있어 자신에게 주어진 삶의 뜻을 순간순간 펼치면서 살아간다면 육신의 나이와는 상관없이 그는 영원한 젊음을 누리고 있는 것이 된다.

해가 바뀌면 우리는 원하건 원하지 않건 이 육신의 나이를 하나씩 더 보태게 된다. 어린이나 젊은이는 나이가 하나씩 들어 가는 것이고, 한창때를 지난 사람들에게는 한 해씩 빠져나가는 일이 된다. 이것은 누구에게나 해당되는 자연현상이다. 빠져나가는 세월을 아쉬워하고 허무하게 생각할 게 아니라 주어진 삶을 순간순간 어떻게 쓰고 있느냐에 보다 관심을 가져야 한다.

카살스는 '나의 작업이 바로 나의 삶'이라고 한다. 은퇴란 말은 낯설고 생각조차 할 수 없다는 것이다. 내 정신이 남아 있는 한 은퇴는 받아들일 수 없다고 하면서 이렇게 말한다.

"은퇴한다는 것은 나에게는 죽기 시작한다는 것을 뜻한다. 일을 하며 싫증을 내지 않는 사람은 늙지 않는다. 가치 있는 것에 대하여 흥미를 가지고 일하는 것은 늙음을 밀어내는 가장 좋은 처방이다. 나는 날마다 거듭 태어나며 날마다 다시 시작해야 한다."

93세의 노인이 이런 말을 하고 있다는 사실에 우리는 유의해야 한다. 그는 날마다 거듭 태어나며 날마다 다시 시작하고 있다. 자신에게 주어진 날들을 거듭거듭 창조하려는 의지로 충만한 그의 불타는 삶에 늙음이 어떻게 다가설 수 있겠는가. 위대한 예술가는 모두가 이와 같이 살 줄을 안 사람들이다.

이 책은 〈런던 선데이 타임스〉의 보도를 인용해 코카서스 지방에 있는 독특한 오케스트라를 소개하고 있다.

그 악단의 단원들은 모두가 백 살이 넘은 나이라고 했다. 단원은 30명가량으로 규칙적인 연습을 하고 매번 정기 연주회를 갖는다. 그런데 그들의 직업은 대부분 농부로서 아직도 들녘에 나가 계속 농사일을 하고 있다. 그 악단의 최연장자인 아슈탄 슐라르바는 담배 재배자이고, 때로는 말을 길들이는 조련사이기도 하다. 그들은 모두 당당한 체구를 지녔으며 활력이 넘쳐 보였다고 했다.

백 살이 넘은 노인들이 들녘에 나가 농사일을 하면서, 악단을 만들어 그 투박한 손으로 규칙적인 연습을 하고 정기 연주회도 갖는다니 얼마나 멋진 인생인가. 전문적인 또는 직업적인 음악가가 아니고 손수 흙을 일구고 씨 뿌려 가꾸며 거두는 그 농부들의 연주를 들을 수 있다면 얼마나 좋겠는가.

백 살도 넘은 농부들의 연주라 세련미는 없을지 모르지만, 그 대신 대지에서 익힌 강인한 생명력이 묻어 있을 것이다. 이런 연주야말로 삶을 위한 예술이고, 삶과 음악이 한 가락에 엉겨 있을 것이다. 그런 사람들이 살아가는 동네에서는 최루탄도 쏘아 대지 않을 것이고, 걸핏하면 규탄 궐기 대회에 동원되어 고래고래 고함을 지르면서 주먹을 내두르는 일도 없을 것이다. 물론 한쪽으로 밀어붙이는 정치의 횡포인들 생각이나 하겠는가. 살아 있는 대지의 주인들 앞에서 어찌 섣부른 수작이 통하겠는가.

카살스는 자기도 한번 그들의 연주를 듣고 싶고, 만약 기회가 닿는다면 직접 지휘도 해 보고 싶다고 했다.

카살스는 자신의 오케스트라가 이룩한 성공에도 불구하고, 연주회가 열릴 때마다 자신을 괴롭히는 일이 한 가지 있었다고 다음과 같이 피력한다.

우리의 음악은 제한된 청중(여유 있고 유복한 사람들)에게만 혜택이 간다고 느껴졌다. 일반적으로 노동자들은 연주회 입장권을 살 수가 없었다. 간신히 돈을 모은 소수의 사람들은 맨 꼭대기층의 가장 싼 좌석에 앉았다. 나는, 그들이 호사스러운 정면의 일등석이나 로열박스에 앉은 상류 계층의 사람들을 내려다볼 때 음악과는 전연 무관한 다른 생각에 잠길 것 같았다.
나는 공장과 상점과 부두에서 일을 하는 남녀들이 우리의 음악을 듣고 즐거워할 수 있기를 원했다. 결국은 그들이 우리 고장에서 대부분의 부를 만들어 내는 사람들인데, 어째서 그들이 문화적인 부를 나누어 가지는 일에서는 제외되어야 한단 말인가.

이 구절을 읽으면서 한 나라의 문화 정책이 어떻게 세워져야 할 것인가에 대해서 생각하지 않을 수 없었다. 걸핏하면 문화 민족이 어떻고 하는 자긍심에 도취된 소리를 듣는 경우가 있는데, 우리가 진정으로 문화 민족일 수 있으려면 그 문화도 각 계층에 고루 분배되도록 두루 손을 써야 한다.

제2차 세계 대전 중 나치 점령하의 한 시골에서 그는 어려운 날들을 보낸다. 그의 음악을 좋아하는 독일 국민을 위해 연주해 달라고 나치 당국으로부터 수차 종용을 받지만, 그는 단호히 거절한다. 어째서 독일에 안 가려느냐는 물음에 그는 이렇게 대답한다.

"독일에 가는 것은 스페인에 가는 것과 같다고 생각하기 때문이오."

카살스는 프랑코와 그가 표방하는 것들에 단연 반대하는 입장이었다. 스페인에 자유가 있다면 돌아가겠지만, 자신이 옳다고 생각하는 것을 말하면 투옥되거나 그보다 더 나쁜 상황에 놓일 것이 뻔하기 때문에 가지 않았던 것이다.

88세 되던 1962년 초, 그가 전쟁 중에 작곡한 오라토리오 〈베들레헴의 구유〉와 함께 개인적인 평화의 십자군으로 나서려는 결의를 이렇게 말한다.

나는 먼저 한 인간입니다. 예술가는 그다음입니다. 인간으로서 나의 첫 번째 의무는 나와 같은 인간들의 안녕과 평화입니다. 음악은 언어와 정치와 국경을 초월하므로 나는 하느님이 내게 주신 이 방법으로 내 의무를 수행하고자 합니다. 세계 평화에 내가 기여하는 바는 미약할지 모르지만, 적어도 내가 성스럽게 생각하는 이상을 위해 내가 할 수 있는 모든 일을 하겠습니다.

그 연주에서 얻는 수익금은 전부 자신이 설립하고 있는 인간의 존엄성과 박애 정신과 평화의 증진을 도모하기 위한 기관의 기금으로 쓰일 것이라고 했다.

예술가이기 이전에 한 인간임을 밝히고, 인간적인 의무를 어떻게 이행할 것인가를 말하고 있는 이 메시지는, 같은 시대인인 우리에게 시사하는 바가 적지 않다. 어떤 일터에서 무슨 일을 하며 살건 간에 우리들 한 사람 한 사람이 이토록 고귀한 인간적인 의무에 힘을 기울인다면, 이 세상은 훨씬 살기 좋은 세상이 될 것이다.

이 책을 읽으면서 나는 카살스가 백악관에서 연주한 녹음으로 〈새들의 노래〉를 몇 차례 들었다. 1961년 11월 13일 밤 케네디 대통령의 초청으로 이루어진 연주다. 이 〈새들의 노래〉는 그의 고향 카탈루냐의 민요라고 한다. 이 곡은 스페인 망명자들의 노래이며, 카살스가 그의 동포를 위한 자유를 염원하는 심경을 가장 잘 표현한 음악이라고 한다. 아름답고 잔잔한, 조금은 슬프게 들리는 소품이다. (1987)

태풍 속에서

해마다 한두 차례씩 겪는 일이지만, 며칠 전 태풍 '베라'가 지나갈 때에도 비슷한 생각을 되풀이하지 않을 수 없었다. 수많은 인명을 앗아 가고 농경지나 가옥의 침수와 매몰이며 막대한 재산 피해를 가져오는 그런 태풍이, 우리들의 삶에 어떤 의미가 있을 것인가.

산에 살면서 번번이 겪은 내 경험에 따르면, 큰 비바람이 휘몰아치려고 할 때는 반드시 미리 보이는 조짐이 있다. 이번에도 태풍이 오기 2, 3일 전에, 하늘이 마치 비로 쓸어 놓은 것 같은 그런 구름이 연하게 깔렸고, 개미떼들의 큰 이동이 있었다. 그리고 태풍이 있는 날 아침 정랑(변소)에 가니 전에 없이 박쥐가 낮게 매달려 있었다. 이렇게 되면 기상대의 예보를 들을 것도 없이 어김없이 태풍이 온다.

그날 오전 9시부터 오후 4시께까지 거센 비바람이 산을 휩쓸었다. 용마루의 기왓장이 떨어져 내리고, 뜰에 무성하던 파초가 갈기갈기 찢기고 꺾이었다. 여기서 우지끈 저쪽에서 우지끈 나뭇가지가 부러지고 뿌리째 뽑혀 넘어지는 소리가 들렸다. 뜰 앞에 서 있는 장명등長明燈 꼭지가 어느새 떨어져 나가고, 나무 벼늘에 끈으로 매어 덮어 둔 비닐 우장이 펄럭이다가 뒤꼍 나뭇가지에 걸려 요란한 소리를 냈다.

뒷마루에 놓아둔 신문지 상자가 날려 여기저기 어지럽게 물먹은 종이가 널렸다. 대숲은 머리를 풀어 산발한 채 온몸을 떨면서 거센 비바람에 소용돌이치며 휩쓸렸다. 떨어진 나뭇잎에 수채가 막혀 물이 넘치는 걸 보고 뛰어나갔다가 우산도 날려 버리고 흠뻑 젖은 채 들어왔다.

이렇게 되면 속수무책. 거센 자연의 위력 앞에서 사람은 너무도 무력하다. 자연이 크게 진노하여 우리에게 화풀이를 하고 있는 것처럼 생각이 든다. 내 안에서도 거센 바람이 일렁이려고 했다. 공연히 화가 치미는 것이다. 옛날에 본 몽고메리 클리프트가 나온 영화인데, 말짱하던 사람이 아라비아해 쪽에서 바람이 불어오면

거칠어져서 자기 아내에게 곤잘 손찌검을 하였다. 바람이란 사람의 마음을 그렇게 만드는 모양이다.

솔직히 털어놓자면, 이런 날은 정말이지 산 위에 사는 일이 아주 싫다. 안절부절 일이 손에 잡히지도 않고 공연히 짜증이 나고 울화가 치밀려고 한다. 혼자서 투덜투덜 욕지거리를 쏟아 놓아도 개운치가 않다.

이런 때는 생각을 크게 돌이켜야 한다. 내가 화를 내면 내 자신이 안팎으로 피해를 입게 된다. 시작이 있는 것은 그 끝이 있게 마련, 태풍도 불 만큼 불다가 잦아질 때가 있으리라.

그렇다, 이런 날이야말로 순수한 '내 날'이 될 수 있다. 그 누구의 방해도 받지 않고 순수한 내가 존재할 수 있다. 불쑥불쑥 찾아드는 불청객들도 이런 날은 어쩔 수 없으리라. 젖은 겉옷을 벗어 버리고 속옷 바람으로 홀가분하게 있자.

전기도 나갔다. 밖에서는 여전히 거센 비바람. 자, 뭘 하지? 그렇다, 소설이나 읽자. 이런 날은 소설이나 읽어야지 엄숙한 일은 격에도 맞지 않고 어울리지도 않는다. 다락에 올라가 더듬더듬 손에 잡히는 책을 뽑아 드니 니코스 카잔차키스의 《희랍인 조르바》였다.

마침 잘되었다. 굵직굵직한 카잔차키스의 선線을 나는 좋아한다. 예전에 읽은 책이지만 오늘 기연이다 싶어 다시 펼치기로 했다. 창가에 등의자를 놓고 비스듬히 누워서 읽자. 소설을 누가 뻣뻣이 앉아서 읽는단 말인가.

책장을 펼치자 거기에서도 비바람이 불고 있었다. 크레타섬으로 가는 배를 타려고 항구에 나가 있을 때, 북아프리카에서 남유럽 쪽으로 부는 세찬 비바람이 유리문을 닫았는데도 파도의 포말을 카페 안에 가득히 날리고 있었다.

그 항구에서 산투리(기타 비슷한 악기)를 끼고 있는 조르바를 만나 이야기 끝에 '나'는 이렇게 술회한다.

"그렇다, 나는 그제야 알아들었다. 조르바는 내가 오랫동안 찾아다녔으나 만날 수 없었던 바로 그 사람이었다. 그는 살아 있는 가슴과 커다랗고 푸짐한 언어를 쏟아 내는 입과 위대한 야성의 영혼을 가진 사나이, 아직 모태인 대지에서 탯줄이 떨어지지 않은 사나이였다.

언어, 예술, 사랑, 순수성, 정열의 의미는 이 노동자가 지껄인 가장 단순한 인간의 말로 내게 분명히 전해져 왔다. 나는 곡괭이와 산투리를 함께 다룰 수 있는 그의 손을 보았다. 두 손은 못이 박이고 터지고 일그러진 데다 힘줄이 솟아 있었다."

조르바가 쓰는 단순하고 소탈한 말에 견줄 때, 복잡하고 시끄럽고 닳고 닳은 현대 문명 속에서 사는 오늘 우리들의 미끈한 말이 얼마나 허황하게 울리는지 되돌아보게 한다. 연장과 악기를 함께 다룰 수 있는 손이야말로 진정한 인간의 손이 아닐까 싶다.

"따사로운 가을날 낯익은 섬의 이름을 외며 바다를 헤쳐 나가는 것은 사람의 마음을 쉬 천국에 데려다 놓을 수 있는 것이어서 나는 좋아한다. 그곳만큼 쉽게 사람의 마음을 현실에서 꿈의 세계로 옮겨 가게 하는 곳은 없으리라."

죽기 전에 이런 에게해를 여행할 행운을 누리는 사람에게 복이 있다고 했다.

지난 8월 중순 한 달 가까운 수련회를 끝내고 우리 임원들끼리 쌓인 피로를 씻기 위해 여수에 있는 친지네 집을 찾아갔었다. 점심을 먹고 나서 배를 하나 빌려 두 시간 가까이 이 섬 저 섬을 끼고 돌면서 오랜만에 바다를 가까이했었다. 맑은 바다의 수평을 대하니 기복과 굴곡이 있는 산에서 다져진 마음이 부드럽게 아주 부드럽게 열렸다.

산은 산대로 바다는 바다대로 그 얼굴이 있다. 산에 갇히면 든든하긴 하지만 막히기 쉽고, 바다에서 놀면 툭 트인 맛은 있지만 무료하거나 자칫 허황해지기 쉽다. 산과 바다가 알맞게 어울릴 때 의지와 감성의 조화를 이루지 않을까 하는 생각을 했었다.

다시 소설 이야기.

"배 위에는 탐욕스럽게 굴리는 교활한 악마의 눈망울, 행상이 파는 허섭스레기 물건 같은 사람들이 밀고 당기며 가득 타고 있었다. 이들이 다투는 소리는 흡사 조율이 안 된 피아노, 정직하지만 심술궂은 여자들의 바가지 같았다. 성질대로 한다면, 두 손으로 배의 이물과 고물을 붙잡고 바닷물에 푹 담가 술렁술렁 흔들어 복작거리는 산 것들 — 인간, 쥐, 벌레 들을 깡그리 씻어 내고 다시 깨끗한 모습으로 건져 올리고 싶을 정도였다. 그러나 이따금씩 나는 그들에게 연민을 느끼곤 했다."

기발하고 신선한 이 구절을 읽으면서 퍼뜩 태풍이 휘몰아치는 의미 같은 것이 떠올랐다. 인간들이 저지른 오만을 인간 자체의 힘으로는 어떻게 할 도리가 없기 때문에, 자연은 숨겨 둔 위력을 발휘하여 인간들에게 자신들의 분수와 한계를 느끼게 하는 것이라고 생각이 미쳤다. 자연을 형편없이 허물고 짓밟고 더럽힌 인간들을 깨우쳐 주기 위해 그처럼 거센 비바람을 풀어 씻어내는 것이라고 느껴졌다. 마치 덜된 인간들이 타고 가는 복작거리는 배의 이물과 고물을 거인의 손으로 붙들어 바닷속에 푹 집어넣었다가 덜어 버릴 것을 덜어 내고 다시 깨끗한 지구를 만들려고 하듯이 말이다.

비바람이 너무 거세기 때문에 도저히 밖에 나갈 엄두가 나지 않았다. 등산용 버너를 켜서 차를 한잔 마시고는 점심도 건너뛰었다. 밥 한 끼 거른다고 사람이 죽겠는가. 밥 대신 '조르바'를 홀린 듯이 '먹으면서' 배고픈 줄을 몰랐다.

조르바가 물었다.

"우리가 어디서 와서 어디로 가는지, 그 이야기 좀 들읍시다. 요 몇 해 동안 당신은 청춘을 불사르며 마법의 주문이 잔뜩 쓰인 책을 읽었을 겁니다. 모르긴 하지만 종이도 한 50톤쯤 씹어 삼켰을 테지요. 그래서 얻어낸 게 도대체 무엇이오?"

이것은 우리 모두에게 묻는 준엄한 물음이다. 우리가 읽고 쓰고 하는 뜻은 어디에 있는가. 그렇다, 우리가 지금껏 그토록 많은 종이를 씹어 삼키면서 얻어낸 게 과연 무엇인가?

어디서 와서 어디로 가는지, 삶의 본질과 이어지지 않으면 우리는 한낱 종이벌레에 그치고 만다. (1986)

두 자루 촛불 아래서

며칠 전부터 연일 눈이 내린다. 장마철에 날마다 비가 내리듯 그렇게 눈이 내린다. 한밤중 천지는 숨을 죽인 듯 고요한데 창밖에서는 사분사분 눈 내리는 소리가 들린다. 이따금 앞산에서 우지직 나무 꺾이는 소리가 잠시 메아리를 이룬다. 소복소복 내려 쌓인 눈의 무게를 이기지 못해 생나무 가지가 찢겨 나가는 것이다.

어제 밖에 나갈 예정이었지만 길이 막혀 나가지 못했다. 고속도로와 국도는 제설 작업으로 어지간하면 길이 뚫리는데 지방 도로와 산골짜기는 눈이 녹아야 길이 열린다. 지금까지 내려 쌓인 눈도 무릎께를 넘는데 더 내리면 허벅다리까지 빠질 것이다.

한겨울 깊은 산중에서는 행동반경이 줄어들 수밖에 없다. 아침에 일어나면 먼저 마루방에 있는 난로에 불을 지핀다. 전날 해 질 녘에 불쏘시개와 장작을 미리 들이고 물통에 가득가득 물도 길어다 놓아야 한다. 난롯불이 활활 타올라 집 안이 더워지면 이때부터 내 하루 일과는 시작된다.

예불하고 좌선을 한다. 날이 새면 털모자와 목도리, 장갑, 눈에 신는 장화를 신고 생활 공간에 필요한 최소한의 길을 가래로 친다. 먼저 개울가에 이르는 길을 치고 밤새 얼어붙은 얼음장을 깬다.

시냇물 소리가 다시 살아난다. 다음은 정랑(뒷간)으로 가는 길을 치고 디딤돌이 얼어붙지 않도록 싸리비로 쓸어 낸다. 사람은 먹는 것만큼 또한 내보내야 하기 때문이다.

그다음은 집 뒤에 있는 나뭇간으로 가는 통로를 쳐야 한다. 짧은 거리지만 지붕에서 녹아내린 눈이 쌓여 얼어붙으면 드나드는 데에 장애가 된다. 마지막으로 뒤꼍에 있는 헌식대(큰 바위 아래 있는 반석)로 가는 길을 낸다. 산중에 사는 짐승들에게 빵 부스러기와 콩을 주는 곳이다. 요즘처럼 눈이 많이 내려 쌓이면 먹이를 찾기가 어렵다. 눈 위에 난 발자국으로 보아 토끼와 노루가 다녀가는 것 같다. 물을 먹으러 개울가에 온 노루와 마주칠 때 우리는 서로 놀란다.

눈 치우는 일을 마치고 집 안으로 들어오면 난로 위 돌솥에서 물이 끓는다. 겉옷을 벗어 말리고 난롯가에 앉아 공복에 차를 마신다. 뭐니 뭐니 해도 공복에 마시는 차가 가장 향기롭다.

한겨울 내 오두막에서는 낮 동안은 주로 난로가 있는 마루방에서 지내게 된다. 지난가을 다람쥐들이 부지런히 월동 준비를 할 무렵, 나도 게으르지 않게 겨울철에 땔 장작을 마련하느라고 땀깨나 흘렸었다. 유비무환有備無患, 미리 준비해 두면 근심할 일이 없다.

이 난롯가에서 읽은 몇 권의 책 중에서 헬렌 니어링이 쓴 《아름다운 삶, 사랑 그리고 마무리》를 감명 깊게 읽었다. 헬렌은 스콧 니어링을 만나 55년의 세월을 함께 지내면서 덜 갖고도 더 많이 존재하는 아름다운 삶을 살았다. 그들 두 사람 다 지금은 이 세상 사람이 아니지만 그 자취는 남아 있는 우리에게 빛을 전하고 있다.

백 살을 살면서 세상을 좋게 만들고 지극히 자연스러운 죽음을 품위 있게 맞이한 스콧 니어링, 그리고 그를 만나 새롭게 꽃핀 헬렌은 그들의 건강과 장수를 위한 생활 태도를 이렇게 말한다.

적극성, 밝은 쪽으로 생각하기, 깨끗한 양심, 바깥일과 깊은 호흡, 금연, 커피와 술과 마약을 멀리함, 간소한 식사, 채식주의, 설탕과 소금을 멀리함, 저칼로리와 저지방, 되도록 가공하지 않은 음식물. 이것들은 삶에 활력을 주고 수명을 연장시킬 것이라고 하면서, 약과 의사와 병원을 멀리하라고 충고한다.

흙을 가까이하면서 지극히 자연스럽게 살아간 그들이 장수와 건강의 비결로서 약과 의사와 병원을 멀리하라고 한 말에는 큰 의미가 담겨 있다. 약에는 부작용이 따르고, 의사 자신도 병자일 수 있다. 그리고 병원이 병을 낫게도 하지만, 없던 병을 만들기도 하기 때문이다.

두 사람은 일상생활에서 스트레스를 줄이는 묘법으로 다음과 같은 것을 제시한다.

'어떤 일이 일어나도 당신이 할 수 있는 한 최선을 다하라.

마음의 평정을 잃지 말라.

당신이 좋아하는 일을 찾으라.

집, 식사, 옷차림을 간소하게 하고 번잡스러움을 피하라.

날마다 자연과 만나고 발밑의 땅을 느껴라.

농장 일이나 산책, 힘든 일을 하면서 몸을 움직여라.

근심 걱정을 떨치고 그날그날을 살아라.

날마다 다른 사람과 무엇인가 나누라. 혼자인 경우는 누군가에게 편지를 쓰고, 무엇인가 주고 어떤 식으로든 누군가를 도와라.

삶과 세계에 대해 생각해 보는 시간을 가지라. 할 수 있는 한 생활에서 유머를 찾으라.

모든 것 속에 들어 있는 하나의 생명을 관찰하라.

그리고 우주의 삼라만상에 애정을 가지라.'

이 책에서 가장 감명 깊은 대목은 스콧이 '주위 여러분에게 드리는 말씀'으로 기록한 그의 유서다. 그의 소원대로 사후를 마무리한 헬렌 또한 지혜롭고 존경스러운 여성이다. 스콧이 죽음을 맞이하는 태도는 어떤 선사의 죽음보다도 깨끗하고 담백하고 산뜻하다. 죽음이란 종말이 아니라 다른 세상으로 옮겨감인데, 그런 죽음을 두고 요란스럽게 떠드는 요즘의 세태와는 대조적이다.

스콧은 70대에 노령이 아니었고, 80대는 노쇠하지 않았으며, 90대는 망령이 들지 않았다. 이웃 사람들의 말처럼 스콧 니어링이 백 년 동안 살아서 세상은 더 좋은 곳이 되었다. 그의 삶을 우리가 배울 수 있기 때문이다.

두 자루 촛불 아래서 이 글을 마친다.

4장

나눔

장욱진, 〈집〉, 1969

나누는 일을 이다음으로 미루지 말라.
이다음은 기약할 수 없는 시간이다.

나누어 가질 때 인간이 된다

이따금 고속 도로에서 관광버스와 장의차가 앞서거니 뒤서거니 달리는 광경을 볼 수 있다. 이런 때 우리는 생과 사에 대해서 생각하지 않을 수 없다. 지금은 뻣뻣하게 굳어 버린 주검으로 차에 실려 어디론지 묻히러 가고 있는 그도, 살았을 때는 관광버스를 타고 생의 기쁨을 노래하면서 즐거운 여행을 떠나기도 했을 것이다. 그는 장의차와 관광버스가 휴게소에 함께 가지런히 쉬고 있을 때에도, 자기와는 아무 상관도 없는 남의 일로만 여겼을 것이다.

그러나 그것은 언젠가 우리 모두가 반드시 맞이해야 하기 때문에 결코 남의 일일 수 없다. 우리 내면에서도 생과 사가 그처럼 앞서거니 뒤서거니 하면서 순간순간을 살아가고 있다.

마르틴 부버는 그의 《인간의 길》에서 하느님은 한 사람 한 사람에게 이렇게 묻는다고 했다.

"너는 네 세상 어디에 있느냐? 너에게 주어진 몇몇 해가 지나고 몇몇 날이 지났는데, 그래 너는 네 세상 어디쯤에 와 있느냐?"

언젠가 이 세상을 하직해야 할 우리들은 저마다 자신의 목소리로 그와 같이 물을 수 있어야 한다. 사람은 더 말할 것도 없이 유한한 존재다. 한번 지나가면 돌이킬 수 없는 그러한 존재이므로 더욱 사람답게 살아야 한다. 그래야 한스러운 일도 적고 생에 대한 미련도 없을 것이다.

그러나 우리에게 죽음이 있다는 게 얼마나 다행인지 모른다. 만약 죽음이 없다면 사람은 또 얼마나 오만하고 방자하고 무도無道할 것인가. 죽음이 없다면 생 또한 없을 것이다. 죽음이 우리들의 생을 조명해 주기 때문에 보다 빛나고 값진 생을 가지려고 우리는 의지적인 노력을 기울인다.

살인, 강도, 대량 학살, 고문, 폭행 등 비인간적인 범죄가 날이 갈수록 여기저기서 늘어만 가고 있는 현대 사회. 때로는 우리들의 의식이 마비될 정도로 그 도가 심각하다. 1999년까지 갈 것도 없이, 인간의 끝이 아닌가 싶도록 막막할 때가 있다.

그러나 다른 한편, 이웃의 불행에 대해서 모른 체하지 않고 알게 모르게 따뜻한 손길을 펴는 사례를 보면서 아직도 우리는 인간이구나, 그래도 인간은 건재하구나 하고 잃었던 인간의 긍지를 되찾게 된다.

이제는 고전적인 표현이 되어 버렸지만, 우리들은 서양의 물질 편중의 과학 문명과 그 기반 위에 선 그릇된 자본주의, 그리고 서구적인 이데올로기에 의한 계급 의식과 대립 사상 등으로 인해 인간 존재가 말할 수 없이 위협을 받고 있다. 일찍이 동양에서는 서양에서와 같은 계급 의식이나 대립 항쟁의 양상은 별로 없었다. 관용과 화해로써 인간관계가 이루어졌다.

오늘 우리들은 새삼스럽게, 그렇다 정말 새삼스럽게 '인간이란 무엇인가?', '인간의 길은 어디에 있는가?'라는 원초적인 물음 앞에 마주서게 되었다. 그 어떤 상황에서도 '인간'은 끊임없이 회복되어야 한다. 인간이 곧 우리 문화의 본질이고, 인간만이 우리 공동체의 열쇠이기 때문이다.

사람은 태어날 때부터 인간이 되어 있는 것은 아니다. 하루하루 살아가면서 그가 하는 행위에 의해 인간이 될 수도 있고, 혹은 비인간으로 타락할 수도 있다. 오로지 인간다운 행위에 의해서 거듭거듭 인간으로 형성되어 간다.

그러면 인간다운 행위란 무엇일까? 우선 나누어 가질 수 있어야 한다. 타인과 함께 나누어 가져야 '이웃'이 될 수 있고, 인간적인 관계가 이루어진다. 사람은 독립적인 존재가 아니다. 관계를 통해서 비로소 사람이 될 수 있다. 우리들의 삶이 곧 관계이기 때문이다. 우리들은 관계에 의해 존재하고 우리들의 관계는 인간을 심화시킨다.

흔히 베푼다는 표현을 쓰고 있는데 그것은 잘못된 말인 것 같다. 원천적으로 자기 것이란 있을 수 없으므로 나누어 가지는 것이다. 이 우주의 선물을, 우리에게 잠시 맡겨진 그 선물을 함께 나누어 가지는 것이지, 결코 베푸는 것이 아님을 우리는 알아야 한다. 이 세상에 나올 때 무엇 하나 가지고 나온 사람 있던가? 또한 살 만큼 살다가 인연이 다해 이 세상을 하직할 때, 자기 것이라고 해서 무엇 하나 가지고 가는 사람을 보았는가?

물질적으로 여유가 있는 부자만 나누어 가질 수 있는 것은 아니다. 가난한 사람도 얼마든지 나눌 수 있다. 나누어 가지는 것이 어찌 물건만이겠는가. 부드러운 말 한마디, 따뜻한 눈길, 함께 걱정하고 기뻐하는 것도 나누어 가짐이다. 그러니 많이 차지하고 있다고 해서 부자가 아니라, 많이 나누어 가질 수 있는 사람이야말로 진정한 부자다.

즐거운 마음으로 나누어 가질 때, 그 즐거움 자체가 보상이다.

마지못해 싫은 생각으로 준다면 그에게는 그 싫은 마음이 곧 그 갚음이 될 것이다. 그러므로 기왕에 나눌 바에야 즐거운 마음으로 선뜻 나누어야 한다. 기쁨이 없는 봉사는 봉사하는 사람에게도, 봉사받는 사람에게도 아무런 도움이 될 수 없다.

한 걸음 나아가 신문이나 방송에 이름 석 자 내려는 생각도 없고, 어떤 의무감에서도 아니고, 덕행으로 여기는 생각조차 없이 무심히 나눌 수 있다면, 그런 사람들의 손을 통해 하느님은 말씀하시고 그들의 뒤에 서서 부처님은 빙긋이 웃으실 것이다. 마치 나뭇가지를 스치고 지나가듯 무심히 하는 일이 우리를 눈뜨게 한다. 봄바람이 메마른 가지에 잠든 움을 틔우듯이.

《금강경》에서, "어디에도 집착함이 없이 그 마음을 내야 한다〔應無所住 而生其心〕."라고 한 말이나, "모든 생각의 자취에서 벗어난 사람을 부처라고 할 수 있다〔離一切相 卽名諸佛〕."라는 말은 바로 무심히 행하는 일을 기리는 가르침이다.

사랑한다는 것은 곧 주는 일이요, 나누는 일이다. 주면 줄수록, 나누면 나눌수록 넉넉하고 풍성해지는 마음이다. 받으려고만 하는 사랑은 곧 포만하여 시들해지게 마련이다. 우리들 마음속 깊이 깃든 사랑의 신비는 줄 때에만 빛을 발한다. 그러니 우리가 누구를 사랑한다는 것은 우리 마음속에 깃든 가장 아름답고 어진 인간의 뜰을 가꾸는 일이 된다.

사람의 심성은 마치 샘물과 같아서 퍼낼수록 맑게 고인다. 퍼
내지 않으면 흐리고 상한다. 많이 줄수록 많이 받는다. 주는 일 그
자체가 받는 일이므로, 받기 위해서가 아니라 그저 주고 싶어 줄
뿐이다. 사람은 이와 같은 행위를 통해 우리들 안에 잠들어 있는
인간을 불러일으킬 수 있다.

《삼국유사》권5에 다음과 같은 이야기가 나온다.
"신라 제40대 애장왕 시절, 정수正秀라는 스님이 황룡사에 머물
고 있었다. 추운 겨울날 볼일이 있어 삼랑사에 갔다가 해가 저물어
돌아오는데 눈까지 내렸다. 천엄사 앞을 지나오려는데 거기 한 여
자 거지가 맨땅 위에 해산을 하여 얼어 죽을 판이었다. 스님은 이
광경을 보고 가엾이 여겨 그 여인을 온몸으로 안아 주었다. 한참을
지나니 여인이 소생하였다. 그러자 그는 자기 옷을 벗어 그 어미와
아기를 덮어 주고 벌거벗은 채 황룡사에 달려와 거적으로 몸을 덮
고 밤을 새웠다……."

추위를 나누어 가지는 일을 통해서 남도 살리고 자기 안에 잠
들어 있는 '인간'도 함께 불러일으킨 것이다. 자기 자신과 타인을
하나로 보지 않고서는 이런 일은 하기 어렵다. 인간관계를 수직적
인 것으로 보지 않고 수평적인 유대로 보아야만 자타의 차별을 극

복할 수 있다. 이런 나누어 가짐을 무연대비無緣大悲라고 한다. 이런 사랑을 통해서 사람은 거듭거듭 인간이 되어 간다.

니코스 카잔차키스는 그의 정신적인 자서전인《희랍인에게 이 말을》에서 나누어 가지는 의미를 자신의 기도문으로써 이렇게 말한다.

"주여, 지옥이 존재한다는 사실을 알면서 제가 어찌 천국의 기쁨을 즐기겠습니까. 저주받은 자들을 불쌍히 여겨 천국으로 들여보내든가, 아니면 저를 지옥으로 보내어 고통받는 그들을 위로하게 하소서. 저는 지옥으로 내려가 저주받은 그들을 위로할 질서를 세우겠나이다. 그리고 만일 그들의 고통을 덜어 줄 수 없다면 저는 지옥에 남아 그들과 함께 고통을 나누겠나이다."

옛날 어떤 선사는 항상 '나무지옥대보살南無地獄大菩薩'을 불렀다고 한다. 몸소 지옥으로 들어가겠다는 발원이다. 이웃이 겪는 고통을 함께 나누어 가지면서 그들을 건져 내겠다는 비원悲願에서였으리라.

현대인들은 대부분 덕을 쌓으려고 하지 않는다. 눈앞의 이해관계에만 급급한 나머지 인간의 뜰을 가꾸려고 하지 않는다. 인간의 뜰은 곧 덕이다. 덕은 자기희생으로 쌓인다. 덕행은 영혼의 아름다움, 인간을 한없이 높여 줄 수 있는 디딤돌이다.

자기 자신과 가족을 아끼고 사랑하는 일쯤은 짐승도 할 수 있다. 사람이기 때문에 낯선 타인까지도 사랑으로 그들의 일에 관계를 가지려는 것이다. 남을 사랑함으로써 자기중심적인 아집에서 벗어날 수 있고, '닫힌 내'가 '활짝 열린 나'로 눈을 뜰 수 있다. 내 마음이 열려야 열린 세상과 하나가 된다. 내 존재의 영역이 널리 확산됨으로써 나의 세계가 그만큼 넉넉하게 형성되어 간다. 마음이 열려야 사람 속에서 인간을 캐낼 수 있고, 중생 속에 잠든 불성을 일깨울 수 있으며, 우리 마음속에 있는 하느님을 볼 수 있다.

한 개인 속에 깃들여 있으면서도 개인보다 더 큰 존재, 자기중심이 아니라 나와 남을 하나로 보는 인간 정신이 우리를 인간의 길로 이끈다.

개인은 한정된 존재다. 특정한 나라에 살면서 특수한 문화, 독특한 사회, 각기 다른 종교에 소속된다. 그러나 '인간'은 그런 국지적인 존재가 아니다. 그는 어디에나 있다. 그러니 우리는 부분이 아니라 전체임을 분명히 알아야 한다.

아무리 미미하고 덧없는 개인이라 할지라도 인간의 부름에 따라 공동체의 사업인 나누어 가지는 일에 참가하면 인간으로서 불멸의 본질이 구현되고 존재의 의미를 갖게 된다. 따로따로 보면 개인은 한 사람씩 죽어 가지만, 뜻을 함께 나누어 가질 때에는 인간이 되어 영원히 멸하지 않는다.

언제 어디서나 우리들의 본질인 그 인간을 찾아내고 드러내야 한다. 진정한 인간의 집합만이 이 지구상에 이상적인 세계를 건설할 수 있을 것이다. (1983)

무소유

"나는 가난한 탁발승이오. 내가 가진 거라고는 물레와 교도소에서 쓰던 밥그릇과 염소젖 한 깡통, 허름한 요포 여섯 장, 수건 그리고 대단치도 않은 평판 이것뿐이오."

마하트마 간디가 1931년 9월 런던에서 열린 제2차 원탁회의에 참석하기 위해 가던 도중 세관원에게 소지품을 펼쳐 보이면서 한 말이다. K. 크리팔라니가 엮은 《간디 어록》을 읽다가 이 구절을 보고 나는 몹시 부끄러웠다. 내가 가진 것이 너무 많다고 생각되었기 때문이다. 적어도 지금의 내 분수로는 그렇다.

사실, 이 세상에 처음 태어날 때 나는 아무것도 갖고 오지 않았었다. 살 만큼 살다가 이 지상의 적籍에서 사라져 갈 때에도 빈손으로 갈 것이다. 그런데 살다 보니 이것저것 내 몫이 생기게 된 것이다. 물론 일상에 소용되는 물건들이라고 할 수도 있을 것이다. 그러나 없어서는 안 될 정도로 꼭 요긴한 것들만일까? 살펴볼수록 없어도 좋을 만한 것들이 적지 않다.

우리들이 필요에 의해서 물건을 갖게 되지만, 때로는 그 물건 때문에 적잖이 마음이 쓰이게 된다. 그러니까 무엇인가를 갖는다는 것은 다른 한편 무엇인가에 얽매인다는 것이다. 필요에 따라 가졌던 것이 도리어 우리를 부자유하게 얽어맨다고 할 때 주객이 전도되어 우리는 가짐을 당하게 된다는 말이다. 그러므로 많이 가지고 있다는 것은 흔히 자랑거리로 되어 있지만, 그만큼 많이 얽히어 있다는 측면도 동시에 지니고 있는 것이다.

나는 지난해 여름까지 난초 두 분盆을 정성스레, 정말 정성을 다해 길렀다. 3년 전 거처를 지금의 다래헌茶來軒으로 옮겨왔을 때 어떤 스님이 우리 방으로 보내 준 것이다. 혼자 사는 거처라 살아 있는 생물이라고는 나하고 그 애들뿐이었다. 그 애들을 위해 관계 서적을 구해다 읽었고, 그 애들의 건강을 위해 하이포넥스인가 하는 비료를 바다 건너가는 친지들에게 부탁하여 구해 오기도 했었다. 여름철이면 서늘한 그늘을 찾아 자리를 옮겨 주어야 했고, 겨울에는 필요 이상으로 실내 온도를 높이곤 했다.

이런 정성을 일찍이 부모에게 바쳤더라면 아마 효자 소리를 듣고도 남았을 것이다. 이렇듯 애지중지 가꾼 보람으로 이른 봄이면 은은한 향기와 함께 연둣빛 꽃을 피워 나를 설레게 했고, 잎은 초승달처럼 항시 청정했었다. 우리 다래헌을 찾아온 사람마다 싱싱한 난蘭을 보고 한결같이 좋아라 했다.

지난해 여름 장마가 갠 어느 날 봉선사로 운허노사耘虛老師를 뵈러 간 일이 있었다. 한낮이 되자 장마에 갇혔던 햇볕이 눈부시게 쏟아져 내리고 앞 개울물 소리에 어울려 숲속에서는 매미들이 있는 대로 목청을 돋우었다.

아차! 이때에야 문득 생각이 난 것이다. 난초를 뜰에 내놓은 채 온 것이다. 모처럼 보인 찬란한 햇볕이 돌연 원망스러워졌다. 뜨거운 햇볕에 늘어져 있을 난초잎이 눈에 아른거려 더 지체할 수가 없었다. 허둥지둥 그 길로 돌아왔다. 아니나 다를까, 잎은 축 늘어져 있었다. 안타까워하며 샘물을 길어다 축여 주고 했더니 겨우 고개를 들었다. 하지만 어딘지 생생한 기운이 빠져 버린 것 같았다.

나는 이미 온몸으로 그리고 마음속으로 절절히 느끼게 되었다. 집착執着이 괴로움인 것을. 그렇다, 나는 난초에게 너무 집념해 버린 것이다. 이 집착에서 벗어나야겠다고 결심했다. 난을 가꾸면서는 산철(승가의 유행기遊行期)에도 나그넷길을 떠나지 못한 채 꼼짝 못 하고 말았다. 밖에 볼일이 있어 잠시 방을 비울 때면 환기가 되도록 들창문을 조금 열어 놓아야 했고, 분盆을 내놓은 채 나가다가 뒤미처 생각하고는 되돌아와 들여놓고 나간 적도 한두 번이 아니었다. 그것은 정말 지독한 집착이었다.

며칠 후, 난초처럼 말이 없는 친구가 놀러 왔기에 선뜻 그의 품에 분을 안겨 주었다. 비로소 나는 얽매임에서 벗어난 것이다. 날듯 홀가분한 해방감. 3년 가까이 함께 지낸 '유정有情'을 떠나보냈는데도 서운하고 허전함보다 홀가분한 마음이 앞섰다.

이때부터 나는 하루 한 가지씩 버려야겠다고 스스로 다짐을 했다. 난을 통해 무소유無所有의 의미 같은 걸 터득하게 됐다고나 할까.

인간의 역사는 어떻게 보면 소유사所有史처럼 느껴진다. 보다 많은 자기네 몫을 위해 끊임없이 싸우고 있는 것 같다. 소유욕에는 한정이 없고 휴일도 없다. 그저 하나라도 더 많이 갖고자 하는 일념으로 출렁거리고 있는 것이다. 물건만으로는 성에 차질 않아 사람까지 소유하려 든다. 그 사람이 제 뜻대로 되지 않을 경우는 끔찍한 비극도 불사不辭하면서, 제정신도 갖지 못한 처지에 남을 가지려 하는 것이다.

소유욕은 이해利害와 정비례한다. 그것은 개인뿐 아니라 국가 간의 관계도 마찬가지. 어제의 맹방盟邦들이 오늘에는 맞서게 되는가 하면, 서로 으르렁대던 나라끼리 친선 사절을 교환하는 사례를 우리는 얼마든지 보고 있다. 그것은 오로지 소유에 바탕을 둔 이해 관계 때문인 것이다. 만약 인간의 역사가 소유사에서 무소유사로 그 향向을 바꾼다면 어떻게 될까. 아마 싸우는 일은 거의 없을 것이다. 주지 못해 싸운다는 말은 듣지 못했다.

간디는 또 이런 말도 하고 있다.

"내게는 소유가 범죄처럼 생각된다……."

그는 무엇인가를 갖는다면 같은 물건을 갖고자 하는 사람들이 똑같이 가질 수 있을 때 한한다는 것. 그러나 그것은 거의 불가능한 일이므로 자기 소유에 대해서 범죄처럼 자책하지 않을 수 없다는 것이다.

우리들의 소유 관념이 때로는 우리들의 눈을 멀게 한다. 그래서 자기의 분수까지도 돌볼 새 없이 들뜬다. 그러나 우리는 언젠가한 번은 빈손으로 돌아갈 것이다. 하고많은 물량일지라도 우리를 어떻게 하지 못할 것이다.

크게 버리는 사람만이 크게 얻을 수 있다는 말이 있다. 물건으로 인해 마음을 상하고 있는 사람들에게는 한 번쯤 생각해 볼 말씀이다. 아무것도 갖지 않을 때 비로소 온 세상을 갖게 된다는 것은 무소유의 또 다른 의미이다. (1971)

여기 바로 이 자리

오랜만입니다.

　말보다는 침묵이 더욱 귀하게 여겨질 때 입 다물고 침잠하고 싶어집니다. 말이 의사 표시의 하나이듯이 침묵도 또한 의사 표시의 한 방법입니다. 말과 침묵의 상관관계 안에서 자기 자신을 들여다보는 일은 삶의 내밀한 오솔길이기도 합니다.

　15세기 인도의 영적인 시인 카비르는 이렇게 노래합니다.

　벗이여, 어디 가서 '나'를 찾는가
　나는 그대 곁에 있다

내 어깨가 그대의 어깨에 기대어 있다

절이나 교회에서 나를 찾으려 하지 말라

그런 곳에 나는 없다

인도의 성스러운 불탑들 속에도

회교의 찬란한 사원에도

나는 없다

어떠한 종교 의식 속에서도

나를 찾아낼 수 없으리라

다리를 꼬고 앉아 요가 수행을 할지라도

채식주의를 엄격히 지킨다 할지라도

그대는 나를 찾아내지 못하리라

그대가 진정으로 나를 찾고자 한다면

지금 이 순간을 놓치지 말라

바로 지금 이 순간에 나를 만날 수 있으리라

벗이여, 나에게 말해 다오

무엇이 신인가를

신은 숨 속의 숨이니라

우리가 믿는 종교나 신앙이 절에만 있는 것은 아닙니다. 성당이나 교회에 있는 것도 아닙니다. 부처님이나 하느님이 법당이나 교회에 있나요? 법당이나 교회에 있는 것은 불상이건 십자가이건 그것은 한낱 형상에 지나지 않습니다. 또 법당이 절에만 있나요? 부처님이 계시고 법이 있는 곳이면 어디나 법당 아니겠습니까.

그럼에도 불구하고 우리가 절이나 교회를 찾아가는 것은 그런 곳에서 그 길을 가르치기 때문입니다. 어떤 것이 참이고 거짓인지를 가르쳐 주기 때문입니다. 그렇지만, 오늘날의 교회와 절은 다분히 상업주의에 오염되어 본래의 기능을 잃어 가고 있는 현실입니다.

우리는 무엇을 믿습니까?

부처님? 신? 하느님? 이것은 또 얼마나 관념적이고 개념화된 이름입니까. 이런 메마른 관념과 개념에 얽매여, 살아 있는 참 부처님과 신을 보지 못하고 있는 것은 아닐까요. 관념화되고 개념화된 '머리의 종교'는 공허한 이론에 지나지 않습니다. 삶이 약동하는 '가슴의 종교'만이 우리들의 영혼을 구제할 수 있습니다.

그럼 부처님과 신은 어디에 존재하나요? 마음 밖에서 찾으려고 하지 마십시오. 마음 밖에 있는 것은 모두가 허상입니다.

분명히 새겨 두십시오. 불교는 부처님을 믿는 종교가 아닙니다. 인과 관계를 비롯한 우주 질서와 존재의 실상을 철저히 인식하고 본래의 자아에 눈떠 온전한 사람이 되는 길입니다.

온전한 사람이 되려면 무엇보다도 먼저 자기 자신을 알아야 합니다. 자기 자신을 알고자 한다면 스스로를 면밀히 지켜보십시오. 자신의 생각과 말씨, 혹은 걸음걸이와 먹는 태도, 운전 습관, 그리고 남을 미워하고 시기하는 그 마음을 자세히 살펴보십시오. 마음의 움직임을 살피는 이 과정에서 순간순간 삶의 실체를 발견하게 될 것입니다. 안으로 살피고 지켜보는 일이 없다면 우리들의 마음은 거친 황무지가 되고 말 것입니다.

종교는 그럴듯한 말이나 이론에 있지 않습니다. 순간순간 마음 쓰는 일과 일상적인 행동 안에 있습니다. 만나는 이웃에게 따뜻한 마음을 여는 일이 곧 자비입니다. 이와 같은 자비의 실현을 통해서 지혜도 자라나는 것이지, 무엇인가를 깨닫는 그것만으로 지혜가 갑자기 완성되는 것은 결코 아닙니다. 말이 나왔으니 말이지만, '완성'이 어디 있습니까. 그것은 우리가 추구해야 할 영원한 이상이지 현실은 아닙니다. 중생계가 남아 있는 한 완성이란 있을 수 없습니다.

한국 불교의 폐단은 바로 여기에 있습니다. 깨달음에 얽매여 깨달음의 행을 잃고 하루하루 세월만 헛되이 보내고 있습니다. 깨닫지 않고는 자비를 실현할 수 없다고 합니다. 말도 안 되는 소리! 이런 말에 제정신 지닌 사람은 속지 마십시오.

본래의 깨달음〔本來成佛〕은 어디에 두고 새삼스럽게 깨닫겠다는 것입니까. 우리가 수도하고 정진하는 것은 새삼스럽게 깨닫기 위해서가 아니라, 본래의 깨달음을 드러내기 위해서입니다. 닦지 않으면 오염되는 것이 우리 마음입니다. 그러므로 본래의 진실한 마음을 지키는 것이 제일가는 정진(守本眞心 第一精進)이라고 옛사람들도 말한 것입니다.

깨달음을 얻기 위해서 닦는 일과, 본래의 깨달음을 드러내기 위해서 닦는 입장은 하늘과 땅의 차이입니다. 깨달음에 얽매여 본래의 깨달음을 망각하고 있음은 실로 안타까운 일입니다.

무슨 일이든지 흥미를 가지고 해야 합니다. 그래야 사는 일이 기쁨이 됩니다. 내가 하는 일 자체가 좋아서 하는 것이지 무엇이 되기 위해서 해서는 안 됩니다. 좋아서 하는 일은 그대로 충만된 삶입니다. 무엇이 되기 위해서라면 그건 흥미가 아니고 야심입니다. 야심에는 기쁨이 없고 고통이 따릅니다.

자신이 지금 하고 있는 일이 우주의 커다란 생명력의 작용과 하나가 되도록 해야 합니다. 개체인 내 자신이 어떤 일을 통해서 전체인 우주로 합일되어야 합니다. 둘이 아닌 법(不二法)이란 이를 가리킵니다. 이와 같이 되면 어깨를 활짝 펴고 삶의 한복판을 당당하게 걸어갈 수 있습니다.

진정한 종교는 불안과 두려움을 심어 주지 않습니다. 올바른 종교는 두려움을 없애 주고 삶의 진실과 아름다움을 깨닫게 합니다. 다시 카비르의 시를 소개합니다.

물속에 사는 물고기가 목말라한다는 말을 듣고
나는 웃는다
진리는 그대 집 안에 있다
그러나 그대 자신은 이것을 알지 못한 채
이 숲으로 저 골짝으로 쉴 새 없이 헤매고 있다
여기, 바로 이 자리에 있는 진리를 보라
그대가 원하는 곳이면 어디든지 가 보라
이 도시로 저 산속으로
그러나 그대 자신의 영혼을 찾지 못한다면
세상은 여전히 환상에 지나지 않으리

(1992)

누가 복을 주고 벌을 주는가

산 위에는 어느새 가을이 물들기 시작했다. 이제는 개울물 소리도 차갑게 들린다. 산그늘에도 냉기가 배어 있다. 자연의 빛과 소리는 계절에 따라 그 양상이 달라진다. 그 안에 사는 사람들도 삶의 모습과 생각이 달라질 법하다.

계절이 바뀌어도 우리들의 삶에 전혀 변화가 없다면 계절과 우리는 무연한 것이 되고 만다. 살아 있는 모든 생명체는 굳어 있는 것이 하나도 없다. 굳어 있다면 그건 이미 숨이 멎어 버린 상태이다. 살아 있다는 것은 곧 움직임이요 꿈틀거림이며, 순간순간 새로운 탄생을 뜻한다.

또 계절이 바뀔 때 살아 있는 것들마다 옷을 갈아입는 것은 삶의 지혜다. 지나온 삶의 자취를 되돌아보는 것도 단순한 회상이 아니라 어떻게 살아왔는지 스스로의 물음이다. 이 또한 삶의 지혜가 아닐 수 없다.

지금 내 곁에 그 편지가 없어 상세한 것은 다 기억할 수 없지만, 사연은 대강 이런 것이었다. 시댁이 거의 기독교를 믿는 집안인데, 요즘에 와서 남편이 하는 사업이 잘 안 되는 것은 아내인 자신이 불교를 믿기 때문이라고 시누이들이 자꾸 압력을 가해 와 어떻게 했으면 좋을지 마음에 갈등이 생긴다는 것이다.

이와 비슷한 이야기를 더러 듣는데, 이런 기회에 어떤 것이 진짜 종교이고 종교의 본질이 무엇인지를 내 나름대로 밝혀 보고 싶다.

만약 이 세상에 오로지 하나의 종교만 있다고 가정해 보라. 상상만으로도 얼마나 숨막히고 그 독선의 냄새 또한 얼마나 역겨울 것인가. 그것은 마치 평생을 두고 똑같은 음식만 먹어야 한다는 것과 같다.

어떤 것이 신이고 진리인지, 누구에게 물어볼 것도 없이 맑은 제정신으로 스스로 물어보라. 분노하고 질투하고 또 벌주는 것이 신인가? 오로지 자기만을 섬기고 남은 섬기지 말라고 하는 것이 신이요, 창조주인가?

단 하나의 신만 있어야 하고, 단 한 권의 성서와 한 명의 구세주만 있으란 법이 이 세상 어디에 있는가. 이것은 얼마나 옹졸하고 독선적이고 추하고 비인간적인 생각인가.

수많은 신이 있다고 해서 문제될 게 무엇인가. 많은 신이 존재할 때 세상은 보다 풍요로워질 것이다. 무엇 때문에 단 하나의 신한테만 매달려야 한단 말인가. 종교와 신앙을 남녀 간의 사랑과 혼동하지 말아야 한다.

인류 역사가 시작된 이래 종교의 이름 아래 무고한 사람들에게 얼마나 잔인한 행위가 저질러졌는지 한번 되돌아볼 일이다. 수천만의 선량한 사람들이 학살당했고 수많은 사람들이 산 채로 불태워졌다.

그 어떤 종교나 종파를 물을 것 없이 종교가 일단 조직화되고 제도화되면 그 순간부터 딱딱하게 굳어져 종교 본연의 생명력을 상실하고 만다. 조직화되고 제도화되어 껍질만 남은 사이비 종교가 선량한 시민들에게 얼마나 위협적이고 혹세무민하고 있는지 분명히 가려볼 줄 알아야 한다.

그럼 어떤 것이 진짜 신이고 진리이며, 종교의 본질이란 무엇인가. 모든 종교는 하나같이 사랑과 자비를 내세우고 있다. 그렇다면 복잡하게 생각할 것 없이 사랑이 곧 신이고 진리이며, 자비의 실현이 종교의 본질 아니겠는가. 사랑이란 관념적이고 추상적인 말이 아니라 이웃으로 향한 부드러운 눈길이요 따뜻한 손길이며, 이해와 보살핌이며, 염려다. 사랑이 우리들의 마음속에서 싹트는 순간 우리는 다시 태어난다. 이것이 우리들의 진정한 탄생이고 생명의 꽃핌이다.

그러면 다시 오늘 이야기의 실마리를 풀어 보자. 남편의 사업이 잘 안 되는 원인이 아내가 다른 종교를 믿기 때문이란 말이 온전한 소리인가. 요즘 같은 불경기가 그럼 이질적인 종교 탓이란 말인가. 그야말로 웃기는 소리 아닌가.

설사 어리석고 옹졸한 음식점 주인일지라도 한 가지 메뉴만 가지고 영업하는 일은 절대로 없다. 입맛대로 골라서 먹으라고 그 메뉴가 다양하다. 하물며 사랑과 자비를 내세우고 영혼을 구제한다는 종교 집단에서 사랑과 자비를 등지는 독선적이고 배타적인 짓을 하고 있다면 그 종교 집단은 이미 생명력을 잃어버린 빈껍데기다.

장작을 패느라고 어깨를 많이 썼더니 바른쪽 어깨가 아파서 침을 맞으러 간 한의원에서, 한 환자로부터 들은 이야기를 이 자리에서 거론해 보고 싶다. 50대의 그 아주머니는 스물네 살 때까지 절에 다니다가 시집간 뒤부터 발을 끊게 되었다. 지난봄 딸이 나가는 강남의 어떤 절에 가서 여러 신도들이 열심히 절하는 것을 보고 같이 절을 하고 돌아왔는데 그 뒤 호되게 앓아눕게 되었다. 딸이 말하기를, 엄마가 그동안 절에 안 나와서 벌을 받아 그런다고 하더라는 것이다.

이런 말이 불교의 어느 가르침에 있는 소리인가. 누가 벌을 주고 복을 준단 말인가. 앓는 사람들은 그럼 모두가 벌받은 사람들이란 말인가.

부처님이 벌을 주고 복을 준다고 생각하는 사람이 혹시 불교 신자 중에 있다면 그는 불교를 크게 잘못 알고 있다. 무엇이 부처인가를 한번 생각해 볼 일이다. 부처는 분노하고 질투하며 복을 주었다 거두었다 하는 그런 신이 아니다. 부처란 눈뜬 사람이다. 지혜와 자비를 몸소 실현하면서 이웃에게 그 그늘을 드리우는 너그러움이다.

신앙이나 진리는 누구에게서 배우는 것이 아니라 스스로 겪어서 체험하는 것이다. 그렇기 때문에 신앙과 진리는 항상 개인적인 영역이다. 진리는 우리들 존재의 가장 깊은 곳, 아무도 넘어다볼 수 없는 곳에서 은밀히 체험된다.

모든 살아 있는 생명체는 끝없이 움직이고 흐른다. 그 움직임과 흐름이 멎을 때 거기 서리가 내리고 죽음이 찾아온다. 이런 살아 있는 생명체에 누가 복을 주고 벌을 주는지 스스로 물어보라. 그 물음 속에 답이 들어 있다. (1992)

물이 흐르고 꽃이 피더라

몇 아름 되는 큰 소나무 가지 위에서 새처럼 보금자리를 마련하여 살던 스님이 있었다. 세상에서는 그를 조과 선사鳥窠禪師라 불렀다. 그때 까치가 같은 나무의 곁가지에 둥지를 틀고 살았다. 사람과 새가 길이 들어 사이좋은 친구처럼 지냈던 모양이다. 그래서 사람들은 그 스님을 작소 화상鵲巢和尙이라고도 불렀다.

선승들은 될 수 있으면 가진 것 없이 거리낌 없이 천진天眞 그대로 살고자 하기 때문에 인간의 도시보다는 자연과 더불어 살기를 좋아한다. 기후가 온화한 지방에서는 바위 굴속에서 지내기도 하고 반석 위에서 살기도 했었다. 석두石頭며 암두巖頭 같은 선승들의 이름을 통해서도 엿볼 수 있다. 깊은 산중이라 할지라도 일단 주거를 시설하여 살림을 차리면 거기 붙잡혀 얽매이게 마련이다. 집착함이 없으면 망상도 일지 않는다. 온갖 고통은 결국 집착에서 온다.

또한 선승들이 자연과 더불어 살고자 하는 것은 인공적인 건축물 안에서는 인간의 사유가 공허하거나 관념적이 되기 쉬운 반면, 나무나 바위 또는 물가와 같은 자연 속에서는 사유의 길도 훤칠히 트여 우주의 실상 앞에 마주서게 되기 때문이다. 인류사상 위대한 종교의 탄생이 벽돌과 시멘트와 유리로 둘러싸인 교실 안에서가 아니라 만물이 공존하고 있는 숲속에서 그 움이 트였다는 것은 결코 우연한 일이 아닐 것이다.

인간의 생활이 갈수록 도시화되고 산업화되어 감에 따라 종교의 기능도 새롭게 요구되고 있는 오늘, 그러나 거기 아랑곳없이 걸망 하나만을 메고 철 따라 이 산중 저 산중으로 마치 철새들처럼 떠돌아다니며 정진하는 선승들이 아직도 건재하고 있다. 이런 처지에서 보면 선불교는 다분히 구도의 종교이지 포교의 종교는 아니다.

사심이 없는 무심한 마음은 그러한 마음끼리 서로 통한다. 한 나무에서 새와 사람이 서로 믿고 사이좋게 지낼 수 있는 것도 그 마음에 때가 끼어 있지 않아서이다. 아시시의 성 프란체스코에게 새들이 날아와 어깨와 팔에 내려앉는가 하면 서로 말을 주고받을 수 있었던 것도 생명이 지니고 있는 가장 내밀한 천진 면목이 그대로 드러난 소식이다.

사람을 믿고 따르는 선량한 개를 때려잡는 백정이나 그 고기를 즐겨 먹는 사람을 보고 동네 개들이 일제히 짖어 대는 것은 당연한 일이다. 어쩌면 "우리 개만도 못한 인간들아!" 하고 항변하는지도 모른다. 개는 인간에게 '개 취급'을 받고는 있을망정 자기 종족을 대량으로 학살하거나 잡아먹는 일은 절대로 없다.

까치와 함께 소나무 위에서 살아가던 스님 앞에, 어느 날 그 고을을 다스리던 지방 장관이 찾아온다. 문헌에는 그 이름을 백거이白居易로 기록하고 있다. 당대의 대표적인 시인이기도 한 백낙천. 나무 위에서 내려온 선사를 보고 그가 묻는다.

"불교의 근본 뜻은 무엇인가요?"

"나쁜 짓 하지 말고 착한 일을 행하시오."

고승이라는 소문을 듣고 일부러 멀리서 찾아와 묻는 그에게 이대답은 너무도 뜻밖이었다. 기대에 어긋났다. 이런 대답이라면 선사의 입을 빌릴 것도 없이 누구나 알고 있는 평범한 상식에 속한다. 그가 기대했던 것은 보다 심오한 불교의 근본정신이었던 것이다. 그는 내뱉듯이 말한다.

"그런 건 세 살 난 어린애도 다 알고 있지 않습니까?"

이때 선사가 엄숙히 대답한다.

"그렇소. 세 살 먹은 어린애도 다 알고 있지만, 팔십 노인일지라도 행하기는 어렵지요."

이 말에 그는 크게 회심하고 정중히 절을 하고 물러갔다고 한다. 알고 있다는 것과 행한다는 것은 별개의 문제다. 머리로는 알았을지라도 실천이 따르지 않으면 공허한 관념에 지나지 않는다. 사물의 이치는 일시에 이해할 수 있지만 행동은 반복된 훈련을 통해서만 몸에 밸 수 있다.

불타 석가모니의 가르침에는 8만 개도 넘는 많은 교설이 있는데, 시민을 어질게 다스려야 할 그 지방 장관에게는, 부정한 짓으로 시민을 괴롭히지 말고 선정을 행하라는 이 말이야말로 가장 절실한 과제였을 것이다. 걸핏하면 무슨 운동이다, 무슨 개혁이다 하여 소란을 떨면서 막상 그 자신들의 문제에 대해서는 운동도 개혁도 이루어지지 않고 있다면 그것은 세상을 속이는 거나 마찬가지다. 그뿐만 아니라 정직한 정부를 표방하는 눈부신 깃발을 아무도 쳐다보려고 하지 않을 것이다.

무슨 바람이든지 건전한 것은 조용히 그리고 서서히 자발적으로 불어야 뜻한 바 열매를 거둘 수 있다. 너무 조급하게 요란하게 몰아치면 그야말로 용의 머리에 뱀의 꼬리가 되고 만다는 사실을 우리는 짧은 생애를 통해서나마 생생히 겪어 왔다.

종교의 본질만이 아니라 온갖 사회 현상의 핵심은 말보다도 살아 있는 행동에 있다. 지혜와 사랑과 덕의 실천행. 특히 선불교의 경우 절대적인 진리를 체험했다면 보편적인 현실 세계에까지 그 진리가 확산되어야 한다. 그래야 그게 살아 있는 법이요 진리이지, 일상에 구현되지 않고 혀끝에서만 맴돌고 있다면 그것은 선도 종교도 아니다.

선이 단순히 깨달음의 지혜에 머문다면 그것은 한낱 철학의 영역에 지나지 않는다. 거기에 대비심大悲心이 있기 때문에 선은 진짜 종교가 될 수 있다.

출가나 재가 신자를 가릴 것 없이 한국 불교계 여기저기에 자칭 견성했다는 사람들이 많지만, 그 영향이 산문山門 안이나 자기 집 담장 안에서만 통용되고 있다면 그건 대개가 사이비다. 승속僧俗을 막론하고 뭘 알았다고 큰소리치는 사람치고 온전한 사람은 없다. 보라, 지금 당장 보라!

우리는 그 사람의 말에 팔릴 게 아니라 행동을 보고 가치 판단을 해야 한다. 행동은 더 말할 것도 없이 몸의 움직임이다. 진짜 선은 혀끝의 놀이가 아니라 신체의 작용이다. 순간순간 천진 면목을 행동으로 발산하면서 마음껏 사는 일이다. 지금 이곳에서 이렇게 살아감이다. 오늘 이 자리의 일에는 관심이 없이 추상적인 관념 유희에 도취되어 나팔 부는 종교는 그 어떤 종파를 가릴 것 없이 모두 가짜다.

나쁜 짓 하지 않고 착한 일 행하기가 말은 쉬워도 얼마나 어려운가. 우리가 살아가는 이 세상에는 고마운 다리도 놓여 있지만 또한 어두운 함정도 파져 있다. 제정신 바짝 차리지 않고는, 즉 내 마음을 몸소 다스리지 않고는 어떤 함정에 빠질는지 알 수 없다. 저마다 서 있는 자리를 똑똑히 살펴볼 일이다.

사람이 없는 텅 빈 산에 물이 흐르고 꽃이 피더라〔空山無人 水流花開〕. (1982)

부자보다 잘 사는 사람이 되라

올 한 해도 저물어 갑니다. 저도 오늘 나오면서 지난 한 해를 어떻게 살았는가, 제 삶의 자취를 되짚어 보았습니다. 과연 잘 산 한 해였는지 잘못 산 한 해였는지 되돌아보았습니다.

세월은 오는 것이 아니라 가는 것이라는 말이 있습니다. 가끔씩은 그 말이 실감 납니다. 하지만 그런 데 속지 마십시오. 세월은 가지도 오지도 않습니다. 시간 속에 있는 사람들이, 사물과 현상이 가고 오는 것입니다. 철학자들의 표현을 빌리자면 시간 자체는 항상 존재합니다. 흘러가는 것이 아니라 그저 있을 뿐입니다. 시간 속에 사는 우리들이 오고 가고 변해 가는 것입니다. 무상하다는 것은 시간 자체나 세월이 덧없다는 소리가 아닙니다. 그 속에 사는 우리들이 예측할 수 없는 삶을 살고 늘 한결같지 않고 변하기 때문에 덧없다는 것입니다.

우리들 생애 중에서 한 해가 이와 같이 신속하게 빠져나가고 있습니다. 해가 바뀌면 어린 사람들은 한 살이 보태집니다. 그러나 나이 든 사람들은 한 살이 줄어듭니다. 그렇기 때문에 가치를 부여할 수 없는 시시한 일에 시간을 낭비하면 우리 생이 무척 아깝습니다. 세월은 흘러가는 물과 같아서 한 번 지나가면 되찾을 수 없습니다. 매 순간 후회 없이 잘 살아야 하는 까닭이 바로 여기에 있습니다.

어느 선방에 이런 표지가 있습니다.

'생사사대 무상신속生死事大 無常迅速.'

우리가 지금 살고 있는 이것이 바로 생사입니다. 나고 죽는 일입니다. 한순간이라도 정신 차리지 않으면 이리저리 흔들리고 종잡을 수 없는 것이 생사입니다. 우리 삶에서 생사는 큰 의미를 지닙니다. 그 생사 속에서 무엇이 받쳐 주고 있는가? 무상이 신속하다는 것입니다. 한순간도 영원한 것이 없다는 말입니다. 언제나 변합니다. 이런 상황 속에서 살기 때문에 우리가 한 생각을 잘못 먹으면 엉뚱한 길로 나아가고, 한 생각에 바로 정신을 차리면 바른길에 들어설 수 있습니다.

얼마 전 들은 이야기입니다. 아는 분이 택시를 타고 길상사로 가자고 하니까 택시 기사가 "아, 그 부자 절 말이죠?" 하더랍니다. '부자 절'이라는 그 말이 제게는 한동안 화두가 되었습니다. 8년 전 이 절을 처음 만들 당시, 교회나 절 어디 할 것 없이 물질이 넘치고 과소비가 지나치기 때문에 가난한 절이 되었으면 좋겠다는 소망을 피력했었습니다. 그런데 물론 일부에서겠지만 길상사를 부자 절이라 일컫는 것을 보고 매우 착잡했습니다. 요정이던 대원각을 절로 만들 때 신문 방송에서 얼마나 시끄럽게 떠들었습니까? 땅이 수천 평이고 땅값만 수백억이라는 보도가 나와서 부자 절이라는 인상이 심어진 것 같습니다.

한동안 여러 곳에서 저한테 편지가 많이 왔습니다. 주로 물질적인 도움을 요청하는 내용이었습니다. 이 절을 저의 개인 소유로 잘못 알고 도와 달라는 편지들이 와서 곤혹스러웠습니다.

부자의 뜻은 대체 무엇입니까? 국어사전에 보면 부자는 살림이 넉넉한 사람, 재산이 많은 사람이라고 간단명료하게 풀이되어 있습니다. 그리고 부자라는 항목 아래에 이런 속담들이 나옵니다.

'부자가 더 무섭다.'

다 그렇지는 않지만 가난한 사람들보다 부유한 사람이 더 인색하다는 말입니다. 많이 소유하고 있으면서도 나눌 줄 모른다는 것입니다.

'부자는 망해도 3년 먹을 것이 있다.'

그만큼 많이 축적하고 있다는 것입니다. 기업은 망해도 기업주는 망하지 않는다는 말과 같은 의미입니다. 또 '부자에게도 한이 있다.'는 말이 있습니다. 부자라고 해서 아무 걱정 없는 것이 아니라는 소리입니다. 부자가 되기까지 나름대로 한이 맺혔을 것입니다. 가난을 면하기 위해 이것저것 가리지 않고 전심전력을 기울여 긁어모은 결과로 부자가 되었을 수도 있습니다.

'부자가 하나면 세 동네가 망한다.'

저는 이 말을 보고 깜짝 놀랐습니다. 이것은 농경 사회에서 이루어진 속담입니다. 옛날에는 지주들이 있었습니다. 조선 시대 말기나 일제 강점기 때 못된 지주들이 소작인들을 얼마나 많이 수탈했습니까? '부자가 하나면 세 동네가 망한다.'는 것은 그 인근 사람들이 다 착취당했다는 뜻입니다.

인간의 탐욕은 끝이 없습니다. 경전에는 탐욕이 바로 생사윤회의 근본이라고 적혀 있습니다. 탐욕이란 지나치고 분에 넘치는 욕심입니다. 자기 그릇보다 더 많이 채우려고 하는 욕망은 끝이 없습니다. 얼마만큼이면 만족할까요? 이것은 있는 사람만이 문제가 아닙니다.

우리는 가진 것만큼 행복한가? 물론 어느 정도 관계는 있겠지만 행복은 가진 것에 의해서 추구되지 않습니다. 행복은 결코 밖에서 오는 것이 아니라 마음 안에서 찾아지는 것입니다. 똑같은 조건에 있으면서도 누군가는 행복을 느끼며 살고 누군가는 불만 속에서 평생을 살아갑니다.

너나없이 모두 부자가 되고 싶어 합니다. 그것은 본능적인 소망입니다. 부자가 되기 위해서 수단 방법을 가리지 않는 사람들이 있습니다. 세계화라는 것이 무엇입니까? 미국이나 강대국들이 온 세계를 자기네 시장으로 만들겠다는 소리입니다. 더 부자가 되고 싶다는 것입니다. 새로운 경제적 침략입니다.

정당한 노력에 의해서 재산을 모으지 않고 투기 같은 것으로 급작스럽게 부자가 된 사람들이 있습니다. 갑작스러운 부는 인간을 불행하게 만듭니다. 자기 그릇에 채울 만큼만 지녀야 하는데, 훨씬 많이 채우려고 하니 넘칠 수밖에 없습니다. 또 지금까지의 삶의 소중한 의미를 잃어버리고 맙니다. 착실하게 노력하면서 살아온 삶의 질서에 혼란을 가져옵니다. 인간관계의 소중함도 상실되어 버립니다.

세상에 공것은 없습니다. 횡재를 만나면 반드시 횡액을 당합니다. 그것이 인과 관계입니다. 물질이란 그런 것입니다. 부는 홀로 오는 법이 없습니다. 어두운 그림자를 동반합니다.

20여 년 전 어느 절에서의 일입니다. 한 스님이 복권에 당첨되었습니다. 갑자기 찾아온 난데없는 행운에 착실하게 기도를 하던 스님은 어쩔 줄 몰라 하다가 우선 은사 스님한테 자동차를 한 대 사 드렸다고 합니다. 얼마 안 있어 자기도 차를 사고, 그때부터 생각이 달라지더니 결국 동네 처녀와 눈이 맞아 결혼까지 했습니다. 그 후 들리는 이야기로 그는 택시 기사를 하고 있다고 합니다.

가난이 미덕이라는 의미는 아닙니다. 우리가 맑은 가난을 이야기하는 이유는 탐욕을 버리고 분수를 지키자는 것입니다. 지나친 소비와 넘침에서 벗어나 맑고 조촐하게 가질 만큼만 갖자는 뜻입니다.

누가 진정한 부자인가? 가진 것이 많든 적든 덕을 닦으면서 사는 사람입니다. 덕이란 무엇인가? 남에 대한 배려입니다. 남과 나누어 갖는 것입니다. 우리에게 주어진 물질은 근본적으로 내 소유가 아닙니다. 단지 어떤 인연에 의해서 우주의 선물이 내게 잠시 맡겨졌을 뿐입니다. 바르게 관리할 줄 알면 그 기간이 연장되고, 마구 소비하고 탕진하면 곧 회수당합니다.

뜻밖의 물질이 생기면 조심스럽게 생각하십시오. 정당한 소득의 경우도 마찬가지입니다. 옳게 쓰면 덕을 쌓고 잘못 쓰면 복을 감하게 됩니다.

영원히 지속되는 것은 없습니다. 부유하다고 해서 늘 부유하란 법 없고, 지금 가난하다고 해서 계속 가난하란 법 없습니다. 무상하다는 것은 어떤 가능성을 지니고 있음을 의미합니다. 자신의 의지와 창조적인 노력으로 무엇인가를 축적할 수도 있고, 있던 것을 하루아침에 날려 버릴 수도 있습니다.

우리가 살 만큼 살다가 세상과 작별하게 될 때 무엇이 남습니까? 홀로 있는 자기 자신 외에는 아무것도 없습니다. 그렇다면 무엇을 가지고 가는가? 평소에 지은 업을 가지고 갑니다. 좋은 업이든 나쁜 업이든 평소에 지은 업만 그림자처럼 따라갑니다.

인도 사람들에 따르면 바로 그것이 다음 생을 이룹니다. 무엇이든 갑자기 이루어지는 법은 없습니다. 수많은 시간 동안 차곡차

곡 쌓여서 되는 것입니다. 가까운 예로, 스님들 중 이번 생에 처음 출가한 사람은 쉽게 정착하지 못합니다. 2, 30년이나 승가에 몸담 았으면서도 택시 운전사로 돌아가는 것을 보십시오. 하지만 몇 생을 이 길에서 닦은 사람들은 죽어도 떠나지 않습니다. 업이란 그런 것입니다.

하루하루 어떤 마음을 가지고 어떤 말과 행위를 하는가가 곧 다음의 나를 형성합니다. 누군가가 그렇게 만들어 주는 것이 아닙니다. 매 순간 스스로가 다음 생의 자신을 만들고 있습니다.

길상사를 일부에서 부자 절이라고 한다는데, 왜 그렇게 불리는지 이곳에서 수행하는 스님들과 신도들 모두 반성해야 합니다.

어려운 이웃을 보살피고 기쁨과 슬픔을 함께 나누어 가질 때, 청정한 수행과 올바른 가르침으로써 믿고 의지하는 도량이 될 때, 그때 비로소 아름답고 길상스러운 부자 절이 될 것입니다.

저는 오늘 이 자리에 오신 모든 분들이 부자가 되기보다는 잘 사는 사람이 되기를 바랍니다. 잘 사십시오. 부자 부럽지 않게 잘 사십시오.

※ 이 글은 2005년 12월 11일 길상사 창건 8주년 법문입니다.

스스로 행복하라

1판 1쇄 발행 2020년 1월 6일
2판 14쇄 발행 2024년 10월 11일

지은이 법정
펴낸이 김성구

콘텐츠본부 고혁 양지하 김초록 이은주 류다경
디자인 이영민
마케팅부 송영우 김지희 김나연 강소희
제작 어찬
관리 안웅기

본문 그림 제공 (재)장욱진미술문화재단

펴낸곳 (주)샘터사
등록 2001년 10월 15일 제1-2923호
주소 서울시 종로구 창경궁로35길 26 2층 (03076)
전화 1877-8941 | 팩스 02-3672-1873
이메일 book@isamtoh.com | 홈페이지 www.isamtoh.com

ISBN 978-89-464-2181-3 03810

값은 뒤표지에 있습니다.
잘못 만들어진 책은 구입처에서 교환해 드립니다.

샘터 1% 나눔실천
샘터는 모든 책 인세의 1%를 '샘물통장' 기금으로 조성하여 매년 소외된 이웃에게 기부하고 있습니다.
2023년까지 약 1억 1,200만 원을 기부하였으며, 앞으로도 샘터는 책을 통해 1% 나눔실천을 계속할 것입니다.